転生
とりかえばや物語

空野 進

角川春樹事務所

目次

序

彩《いろど》り鮮《あざ》やかな桜が舞っている。

行き交《か》う人々が楽しそうに話をしている。

「来る時間……、間違えたかな？」

わざわざ人が多い昼を避《さ》け夜にきたのに、それでも人が多くて思わずため息が出てしまう。

やってきたのは八坂《やさか》神社。

恋愛成就《じょうじゅ》で有名なこの神社にわざわざきたのには理由がある。

数時間前に彼氏に振られたばかりだったのだ。

「もっと女の子らしい子だと思ってた、って私はただ自然体でいるだけなのに……」

怒りのあまり肩を震わせながら握り拳《こぶし》を作る。

「はぁ……、はぁ……。と、とにかく今度こそは私のことをしっかり見てくれる人に出会えるといいな」

もう神頼みしかないと思い、わざわざ神社へと足を運んでいた。

坂を登った先に見えてきた白と朱色の立派な本殿。

神を祀《まつ》っている神社なのだから神聖なのは当然のことだが、それだけでは言い切れない荘厳《そうごん》さを感じ、思わず息を呑《の》み込む。

周りの人は何も思わないのか、自分の他に立ち止まって見ている人はいない。むしろ女子高生が制服で止まっていることを異様に思われたかもしれないが、それが気にならないほど見入ってしまった。

「なんだろう……、この感じ……」

決して嫌な気持ちにはならない。むしろ、自分を守ってくれている何か。

よく見ると地面がうっすら紫に光っている。

桜の時期なので、ライトアップでもしているのだろう。

それよりも誰《だれ》かに呼ばれている気がして、そのまま拝殿《はいでん》へ向かって足を進めた。

参拝客も大勢いるのだが、その声が聞こえないほどに意識を集中させて両手を合わせ、心の中で願い事を言う。

（素直な自分を出して生きていけるようにしてください）

思えば昔から自分を押し殺して生きてきた。

無理やり可愛《かわい》い衣装《いしょう》ばかりを着せてこようとする両親。

その服装が男子に媚《こ》びを売っていると言って離れていった友人。

その反発から伸ばしていた髪はばっさりと切ってしまいショートヘアに。

ふわっとしたスカートが多かったのだが、それもパンツ姿に。結果、両親からはネグレクト。親の愛は妹が一身に受け自分は無視をされている。

ボーイッシュなこの姿こそが自分らしい姿だと思っていた。

でも、その結果が恋人に振られるというものだった。

（自分は女性らしくないから生きづらいの？　自分を押し殺してまで生き続けないといけないの？　もっと自分が生きやすい世界はないの？）

疑問ばかりが脳裏《のうり》をよぎる。そのとき、直接脳内に声が響いてくる。

『主《ぬし》の願い、聞き届けた』

「へっ？」

突然聞こえてきた低い声を聞き、思わず声がもれてしまう。

誰が発した声なのかと周りを見渡してみるも自分に話しかけてきている人はいない。

空耳だったのだろうか？

その瞬間に世界が歪《ゆが》み、頭痛が襲ってくる。
思わず頭に手を当てるものの、そのまま意識が遠くなっていった。

第一話　転生

平安時代の貴族、権大納言《ごんだいなごん》の娘・夕月《ゆうづき》として新たな生を享《う》けてから三日が過ぎた。

ようやく生まれ変わったということを受け入れ、落ち着いて暖かい春の日の朝を迎える。

しかし、暖かいと言ってもそれは昼だけ。

御簾《みす》で仕切られただけの部屋は風通しが良すぎてまるで冬のようだった。

それなのに暖かい羽毛布団《うもうぶとん》のようなものはなく、筵《むしろ》のようなものが数枚重ねられた八重畳《やえだたみ》の上に絹のしとねが敷かれ、赤や黄、薄い青色の布をつなぎ合わせたまだらぶすまを上に掛けて眠っていた。

着物より少し厚いだけのまだらぶすまでは、冷風を防ぐには防御力が足《た》りなすぎる。

その寒さで目が覚《さ》めてしまった夕月はぼんやりと御簾の外を眺める。

ちょうど春暁間際《しゅんぎょうまぎわ》で明かりらしい明かりはなく、空に明るく輝く星がみえるだけ。

春はあけぼの……、なんて謳《うた》われてるくらいだからもっと明るいかと思ったのに、暗くて周りに何があるのかも見れないよ。

それでも、せっかくこの時代に転生したのだから景色でも見ようとしたのだが、そのときに吹いた風があまりに冷たくて、身震いしてしまう。

「春眠暁《しゅんみんあかつき》を覚えず、のほうが私らしいよね。わざわざこんな寒い中、早起きする理由がわかんない」

ふすまと呼ばれる布団がわりの着物一枚では足りずにとりあえずいくつかの着物を取り出してくる。後から着物を散らかしたことを怒られるのは目に見えているが、まずは今寒さをどうにかしないと凍《こご》え死んでしまう。

せっかく新しい世界に転生することができたのにこんなところで命を落とすわけにはいかない。あの時の、八坂神社で聞こえた声を思い出す。

——主《ぬし》は、この世界でなら、思うように生きられる。

うん、と頷き、数枚の着物を取り出すとそれを布団がわりにして再び眠りにつこうとする。

高貴な身分の子に生まれたからこうやって暖かい格好をすることができるが、もしこの時代の庶民《しょみん》に生まれたらと考えると生きていける気がしない。

決して、この平安時代の気温が低いわけではない。

むしろ現代とそう大差がない。それならばなぜここまで寒いのか。

それは便利だった暖房が一切ないからに他ならなかった。

「うぅぅ……、本当にこの世界が私の生きやすい世界なの？」

あの時八坂神社で聞こえてきた声。

一体誰《だれ》の声だったのかはわからないけど、状況から察するにあの声の主が自分をこの世界へ送り込んだのだろう。最近流行《はや》りの、転生ってやつだ。異世界ではなく過去へ転生するパターンだが私はそう、この状況を受け入れることに決めた。

現代へ戻る方法はわからない。むしろ戻りたいかと言われたら悩ましいところでもある。

だからこそ、この世界で生きていくことを覚悟したのだが、今のままでは生きにくく過ぎる。せめて少しでも過ごしやすい環境を整えたい。

その第一歩がこの大量の着物だった。

一枚では寒くても、こうして何枚も掛ければ暖かくなり、春らしい陽気な気温を感じることができるはず。

暖かくなってくると眠くなってくる。

夕月は再び眠りに就くのだった。


目が覚めると温められた手水《ちょうず》で顔を洗い意識を覚醒《かくせい》させる。

顔を手ぬぐいで拭《ふ》いた後、着物を着替え始める。

寝るときにも着ていたのだが、下着の扱いをされている薄手の着物、単《ひとえ》。

ただ現代から転生してきた夕月にとってはとんでもない問題点があった。

単が下着ということはパンツ等の下着は存在していないことになる。

いくらなんでもノーパンで歩きまわるというわけにはいかない。

さすがに周りの皆がそういう生活をしていても夕月はそれを良しとはしなかった。

後々しっかりとした下着を作ることにして、とりあえず今は簡易的なものを用意する。

幸いなことに男性用に大口《おおぐち》と言われる下着があった。

丈《たけ》が長すぎるのが少々気になったので、それは思い切ってカットしてしまい、短くする。自ら裁縫《さいほう》するのが当たり前のこの時代で裁縫道具を見つけたのが功を奏《そう》していた。

そして、ようやく満足できるものを用意できると次は上に着るものの番だった。

夕月用に用意されていたものは丈が長く、床に引きずるのが当然の長さの細長《ほそなが》。

初めはこれで生活しようかとも思ったのだが、何度も裾《すそ》を踏《ふ》んで付けて転《こ》けてしまった。あまり動き回るには適していない服にモヤついていたときに出会ったのが男性用の水干《すいかん》という服装だった。

こちらも裾は結構長めだが細長よりは歩きやすく、括《くく》り袴《ばかま》を短くたくし上げておけば気になるほどのものでもなかった。

何よりもお洒落《しゃれ》で、動きやすい。私の好みは、もたもたした着物よりも、こちらだった。ならば、思うように、こちらを着るのみだ。

その格好を母の権大納言夫人はあまり良しとせず、機嫌《きげん》が悪そうになっていたがここは譲《ゆず》ることができない部分だった。

「よし」

水干を着こなし、一回転すると、夕月は部屋の外へと飛び出した。

権大納言の館はかなりの広さを誇っていた。それだけでも身分の高い家に生まれてきたことがわかる。

夕月たちが暮らすのは西の対《たい》と呼ばれる建物で、中央の母屋《おもや》を挟んで東側に夕月が住んでいるところと似た東の対と言われる建物があった。

更に南には大きな池があり、この辺りは教科書などで見たことのある優雅《ゆうが》な平安の館そのものだ。

——寝殿《しんでん》造りっていう建物だったかな？

うろ覚えながら、ぼんやりとそんなことを思いつつ建物の散策をする。

そんな夕月を追いかけるように後ろにはお付きの女房《にょうぼう》である秋《あき》が付いてくる。

「姫様、あまり人前に出られるのは良くないですよ」

「大丈夫。ちょっと建物の中を見てるだけだから。ここには家族と使用人しか住んでないのだから平気でしょ？」

「だ、だめですよ。旦那《だんな》様や男の家人《けにん》もいるのですからね⁉」

「……？　どうしてダメなの？」

夕月が首を傾げると秋は困った表情を浮かべる。

「どうしてって言われましても、恥ずかしくないですか？　人前に顔を晒《さら》すことは」

どうやらこの時代では顔を見られることすらも恥ずかしいことのようだった。

御簾越しに話しかけたり、扇子《せんす》で顔を隠している印象はあったが、それが羞恥心《しゅうちしん》から来ていたとは。

ただそのことを全く理解できなかった。

別に顔を出すのは変なことでは無いよね？　女の人は化粧《けしょう》もするのに一体誰に見せるつもりなんだろう？

「別にそんな事は無いかな？　秋は恥ずかしいの？」

「人前に顔を出しているのは男の人くらいですよ」

「そっか……。それなら私は男っぽいのかもしれないね」

冗談交《じょうだんま》じりで言ったつもりだったのに秋は納得して頷《うなず》いていた。

「姫様は勇《いさ》ましくなられましたもんね。服装からして若君と言われても納得しそうです」

「別にそんなつもりはないんだけどね。だってこの方が動きやすいでしょう？」

袖《そで》を持って回って見せるが、

「仰《おっしゃ》ってる意味がよく分かりませんが」

とこの時代の人には納得してもらえなかった。

「それなら秋もこの格好してみるといいよ。私の言ってることがわかるから」

「か、勘弁してください。そんなところを見られたら奥様に怒られてしまいます」

秋は必死に拒絶をしてくる。

「わかったよ。でも、私はこの格好をやめないからね」

「それはもう……」

「それならもうこの話はおしまい！」

手を叩《たた》き、話題を変える。

「それより遊ぼっ」

夕月の手には蹴鞠《けまり》が持たれていた。

館の中にいてはほとんど体を動かすことはない。

唯一《ゆいいつ》動かせるのはこの蹴鞠だけだった。

少し違うもののそのやり方はサッカーのリフティングに似ている。

転生前にサッカーを経験したことがあった夕月は自然と蹴鞠もすることができた。

「分りました。では準備をして参りますね」

最初は目を点にして驚いていた秋だが、何度も頼んでいるうちにため息交じりに頷いて言われるがまま蹴鞠の準備をしてくれるようになった。

扇子で自身の顔を隠しながら相手をしてくれる男の子を呼んできてくれる。

それだけでもいくら感謝してもしたりない。

それから庭先でしばらくの間蹴鞠をしていた。

すると、相手の従者が夕月のことを褒《ほ》めてくる。

「夕月の若様は本当に蹴鞠がお上手《じょうず》でいらっしゃる。これは旦那様も鼻が高いのではないでしょうか？」

私は女だけどね……。

秋は苦笑を浮かべ、ただただ頷いていた。

それもそのはずで基本、蹴鞠は男性の遊びだった。更に夕月の格好も男子のもの。

これで姫と見ろという方が無理難題でもある。

でも、この家に姫君しかいないのならそういう間違いはしないだろう。

実は権大納言の子は二人いる。

東の対に住まう、見た目も夕月にそっくりなその子。名は朝露《あさつゆ》の若君。

ただ、朝露は恥ずかしがりやで人に見られることを嫌がっていた。しかもその姿はまるで女子のようなのである。

大きくなれば男子として立派《りっぱ》に成長してくれるだろうと権大納言は優しく見守っているが、夕月のようにらしくないことをしないとも限らない。権大納言の心配の種は尽きなかった。

その夜すっかり汚れてしまった夕月の姿を見て、夫人は驚いていた。

「夕月、あなたは女の子なら女の子らしくしとやかにしなさい。男の子のように外で遊びまわるのではなく、家の中に引きこもって人に顔を見られないように」

そんな事は秋も同じように言っていた。

この世界ではそれが普通なのだろうが、夕月はこの世界に来ると自分らしく生きられると言われてやってきている。

無理にこの世界に合わせなくてもいいはず。

でも、母親と喧嘩《けんか》したいわけでもないので、この場は承知する。

「わかりました、お母様。お勉強もちゃんと頑張りますね」

「わかってくれましたか。それならこの細長を着て――」

「いえ、それはお断りします。動きにくいので」

口をポッカリと開ける夫人をよそに別の水干に着替えると、部屋で勉学に励《はげ》む夕月なのだった。

まだまだ幼子《おさなご》である夕月だったが、堅苦しい勉強も熱心に取り組んでいた。というのもこの時代のことで知らないことは多く、それらを学ぶことが幸福な生活への第一歩になると信じていたからだ。

それだけではなく、前世の記憶がそのまま残っていることもあり、乾いた土が水を吸うが如《ごと》くその知識を吸収していった。

この三日で分かったことは、どうやらここが日本の平安時代あたりらしいこと。そして、己《おのれ》は夕月という権大納言の娘であり、十歳である、ということくらいか。まだまだ、学ばなければならないことは多い。

ただ、さすがに文字については悪態《あくたい》をつきたくもなる。漢字で書かれてるはずなのに、初めて見た時はミミズが這《は》っているだけにしか見えなかった。

しかし、後々この行動がなおのこと男らしいと思われてしまう原因となることを、夕月はまだ知らない。

この時代の男子は帝《みかど》を支え国政を担《にな》うために勉強をしなければならない。しかし女子は、勉強などする必要はない、どころかしてはおかしい、くらいだった。それより、花嫁《はなよめ》修業に励むべき、というわけだ。

そんな中、まだ幼子である夕月が神童さながらの才覚を発揮しているのだから、権大納言の悩みの種になるのもしょうがない。

夕月の性別が男だったら、と何度も考えてしまうのだった——。

勉学を終えると夕餉《ゆうげ》をとる。朝と夜の二回だけだが、しっかりと食事を摂《と》れるだけありがたい。

目の前に置かれた食事は主食の米と汁物とおかずである焼き魚。

ただ、それを見た夕月は驚きのあまり固まってしまった。

「えっと、お米……多くない？」

土器《かわらけ》に盛られた米はちょっと触ったら崩れそうなほど高く積まれている。

「別に何も多くないですよ？」

食事を配膳してくれた秋は笑顔のまま頷いた。

ここ二日は転生の動揺で食事もあまり喉《のど》を通らなかったため、実は今日がここにきて初めての本格的なご飯である。だから多めに出されたのかとも思ったが……。

——ということは、これが普通なのか。

どうやって食べようかと困りながらも上の方を箸《はし》で掬《すく》い、そのまま口へと運ぶ。

「……固い」

食べられないことはないものの、思わず夕月は眉間《みけん》に皺《しわ》が寄ってしまう。

水分量でも間違えて炊《た》いたのだろうか？　それとも固いものが好まれていたのだろうか？

夕月が不服そうな顔をしていることに気づいた秋が後ろから声を掛けてくる。

「食べにくいようでしたらお湯をご用意しましょうか？」

――固いままよりは食べやすくなるかな。

「うん、お願い」

夕月が頷くと秋が米にかけるお湯をとりに行ってくれる。

その間に夕月は他の料理に手をつける。

汁物には野菜だけではなく、魚なども入っており、見るからに美味《おい》しそうだった。

米のように変わった盛りかたはされていない。これは少し期待してもいいのかもしれない。

土器を持つとそのままゆっくりと飲む。

「……味がしない？」

正確には素材の味だけはする。でもそれだけだった。

「味付けがされてない？　それともこういう薄味が好まれてるのかな？」

この時代の標準がわからないのではっきりとしたことは言えないが、物足りなさを感じてしまう。

「さ、魚は大丈夫だよね？　塩でも振ってあればいいわけだし」

今までが今までだけに、どうしても信用することができなかった。

恐る恐る箸を近づけ、ひと口、齧《かじ》る。

「うへっ」

その予想が当たり、魚も素材の味そのままだった。

「うーん、でも魚はまだ食べられるかな……」

せめて少し塩が欲しい。

「最後はこの小鉢……だけど、これはなんだろう？」

おかずには見えないものがいくつか置かれていた。粉や液体、茶色いペースト状のものなどがある。

どこか見覚えのあるそれを軽く指をつけて舐《な》めてみる。

「……これは塩かな？　こっちは味噌《みそ》、酢もあるね」

どうやらこの調味料を使っておかずを食べるようだ。

でも、毎回同じ味しかないとすぐに飽《あ》きが来そう。

せめて味付けをして調理してほしい、と思わざるを得なかった。

「お待たせしました。こちらをお使いください」

秋がお湯を持ってきてくれたので、それをご飯にかける。

「うーん……、こんなものだよね」

あまりおいしいわけではない。固くて食べられないということがなくなった程度だった。

食材はちゃんとあるのにもったいない。あまり料理が得意なわけじゃないけど、私が作って良いならもう少し味が付いたものが作れそうなのに……。

「秋、ちょっといい？」

「どうしましたか、姫様。なにかお気に召さないことがありましたか？」

「私が料理をすることってできるかな？」

夕月にしては何気ない台詞《せりふ》だったのだが、秋はとても驚いた様子で必死に首を横に振っていた。

「だめですよ⁉　もし姫様が怪我《けが》でもしたらどうするのですか⁉　料理は危ないですから庖丁人《ほうちょうにん》に任せてください」

「でも……」

秋はお付きである以上、危ない事はさせてくれないだろう。

それなら自分から行くしかない。

そう決意した夕月は味のしない食事を急いで終わらせるのだった。

動くと決まってから夕月の行動は早かった。

次の日、朝早くに起きた夕月はお付きの秋が着替えの手伝いに来る前に部屋を出ていた。

「うぅぅ……、寒いなぁ」

相変わらず春なのに暖かくなる気配は見えない。

せめて毛布でもあれば暖かくなるのに。

身を丸めながら台盤所《だいばんどころ》――現代で言う調理場――へ向かって行く。

台盤所では、すでに庖丁人が料理を作っていた。

「あちゃっ」

そんなところに突然現れた寝間着姿の夕月。

さすがの庖丁人も驚かずにはいられなかった。

「姫様⁉　どうされたのですか、そんなお姿で⁉」

「えっと……、あははっ」

誰もいないと思っていた夕月は笑ってごまかすことしかできなかった。

「今すぐお付きの方を呼んできますね」

庖丁人が台盤所から出て行こうとするので、秋は慌てて止めていた。

「待って……。ちょっと料理をしたいだけだから」

庖丁人の着物を引っ張ってその動きを止める。

「そんな危険なことさせられませんよ」

「大丈夫。包丁は使わないから。ちょっとおにぎりを作りたいだけだから」

簡単にできる料理でパッと思いついたのがそれだった。しかし、庖丁人は首を傾《かし》げている。

「その〝おにぎり〟というのは一体何のことですか？」

知らない料理名が出てきて興味を持ってくれたようだった。

もう台盤所から出て行く素振りを見せていないので、夕月は着物から手を離す。

「えへへっ、気になるなら私が作りますよ」

庖丁人はどう反応すべきか迷った結果、ため息交じりに答える。

「分かりました。本当に危険がないかどうか、しっかり見届けさせていただきます」

――本当は料理を見たいだけなんだろうな。

その様子に苦笑を浮かべながら、夕月は調理台を見る。

十歳のその体には高すぎる台。

必死に背を伸ばしても全く手が届かなかった。

そこで夕月は庖丁人の方を向く。

すると、その様子を見ていた庖丁人が首を傾げる。

「どうされましたか？」

「とって……」

「えっ？」

「材料を……とって」

そこでようやく庖丁人は夕月が何をして欲しいのか理解する。

「何をお取りすればよろしいですか？」

「とりあえずお米と調味料、後はお魚かな？」

「分かりました。では少々お待ちください」

庖丁人が机からいくつかの土器に食材を載せて渡してくれる。

ただ、米はすでにいつものように高く盛り付けられていた。

「むぅ……、こうじゃなくて普通に炊く前のお米をください」

「お米は炊いていないですよ。しっかり蒸してあります」

お米が固かった原因は蒸してあるからだった。

「炊いてあるお米はないの？」

「姫飯《ひめいい》は旦那様があまりお気に召さないようで、あまり作っておりませんね」

——炊いたお米は姫飯というのか。

などとまた新しい言葉を覚えながら、ないなら用意するしかなさそうだと思った。

夕月は蒸す前の米を取ってもらうと米を炊く準備をする。料理は、ネグレクトだったので両親が作ってくれることはなかった。自分でするしかなかったため、大抵のことは自分でできる。

米が炊き上がると塩を混ぜ込んで、中に漬物を入れておにぎりを作る。

「できたー」

完成したおにぎりを高々と掲《かか》げる。

するとそれを見た庖丁人は不思議そうに尋《たず》ねてくる。

「それって……屯食《とんじき》ですよね？　あまり姫様が食べるようなものではないと思いますけれども……」

「そんなことないよ。これでも十分美味しいんだから」

実際に夕月はおにぎりを口にする。

久しぶりの味がする食事。思わず感動してしまう。

目に涙を溜《た》めておにぎりを食べている様子を見て、庖丁人が不思議そうに尋ねてくる。

「屯食がそんなに美味しいのですか？」

「うん、とっても美味しいよ。食べる？」

庖丁人におにぎりをさしだしてみる。

すると、庖丁人は一歩下がり首を横に振った。

「い、いいえ、私のような者が姫様がお作りになった屯食を食べるなんて、そんなことできませんよ」

「そんなことを言わずに。たくさん作れるから」

親が貴族である権大納言だけあって、それなりに米は貯蔵してある。

作ろうとしたらいくらでも作れるのだから、遠慮《えんりよ》してもらう必要は何一つなかった。

直接手渡しで受け取った庖丁人は、まず興味からおにぎりを観察している。

「ありがとうございます。では、大切にさせていただきますね」

おにぎりをしまおうとするので夕月は慌ててそれを止める。

「せっかく熱々なんだから今食べて」

「そ、そんな勿体《もったい》無いことはできませんよ⁉　これはお弁当として大切に食べさせていただきます」

「お弁当がいるなら後で別に作るから、これは今食べて。それで味の感想を教えてくれないかな？」

自分の舌とこの時代の人の舌がどのくらい違うのか、それを調べたかった。

相手がこの時代の料理人たる庖丁人ならなおのこと。

「わかりました。それではいただきます」

観念した庖丁人はおにぎりに口をつける。その瞬間に驚きの声をあげる。

「えっ？　これは姫飯……ですよね？　柔らかい……そして塩の味が抜群に効いている……。いえ、その前に中に入っている漬物も素晴らしい、どうやってこの味を……！」

どうやら味覚は現代人とそう変わらないらしい。それなら、これから工夫《くふう》してもらえる可能性もある。夕月はほっとしながら、呟《つぶや》いた。

「本当なら焼き鮭《じゃけ》でも入れたかったんだけどね」

「鮭……ですか？　聞いたことのない物ですね。でしたらこの楚割《すわやり》とかはどうでしょうか？　少し削《けず》ってみますね」

庖丁人は棚《たな》から魚の干物《ひもの》を取り出してきて、それを削ってくれる。どうやらそれを楚割と呼ぶらしい。

夕月の前に差し出してくるので、まずは味を確かめてみる。

「んーっ……」

——やや塩が強めかな。

これだとおにぎりの塩は少なめでいいかもしれない。

そんなことを思いながら、その魚の干物——楚割を使っておにぎりを作ってみる。

どうやら鮭はないらしく、この魚は鮎だった。

鮎おにぎりというよりもふりかけを混ぜている感覚で作ったおにぎりになったが、それを実際に食べてみると十分に味がしておいしかった。ただ、やっぱり塩が強すぎるのは少し気になるところだ。

「塩分の取りすぎって何かの病気になったよね？」

まだまだこの時代だと医療体制は確立されていない。生活習慣病にかからないように細心の注意を払っておかないといけない。

あとは適度な運動もしないと。

今は蹴鞠だけなので、もっと色んな運動もしておきたい。

おにぎりを食べながらぼんやりとそんなことを考えていた。

おにぎりを食べ終えたそのタイミングで慌てた様子の秋が台盤所にやってくる。

「あの、夕月の姫様を見かけませんでしたか？　ご寝台《しんだい》に居られなくて……」

「あっ、秋。おはよー」

何食わぬ顔をして笑みを見せる夕月を見て、秋は安心した様子を見せる。

「姫様⁉　こんなところにいらっしゃったのですか⁉」

「うん。ご飯作ってた」

「だ、大丈夫だったのですか⁉　そ、それに寝巻き姿で男の前に出るなんて……。こ、こちらに来てください！」

無理矢理秋に引っ張られていく。

「ちょっと待って、秋。自分で歩けるから……」

「またお逃げになっても困りますから」

これは流石《さすが》に勝手に出てきた自分が悪かった、と素直に大人しくついていく。

昨日とは違う色をした水干に着替えたあと、部屋で少し待つように言われた。

しばらく待つと秋は男の人と一緒に戻ってきた。

「お待たせしました、姫様。陰陽師《おんみょうじ》の方に来ていただきました」

「陰陽師？」

夕月は首を傾げていた。

「別に見てもらうことなんて何もないと思うけど？」

「そんなことありません。ここ数日の姫様は、変です。姫様が何かに憑《つ》かれたのではないか、姫様が女らしくなれるかどうか、しっかり占《うらな》っていただかないと」

平安時代は何でも占いに頼っていたときく。

ちょっとでも気になることがあったらすぐに陰陽師を呼んでいたのかもしれない。

――まあ大して時間も取られる訳じゃないだろうから。

そう思った夕月は仕方なく大人しく陰陽師の話を聞くことにした。切れ長の目が特徴的な、意地悪そうな陰陽師が、夕月を前に何やら祈っている。

「姫様が男の姿をなされていること、そのこと自体がもう凶と出ております。今すぐにでも正常な格好をされる方がよろしいかと……」

夕月は思わずため息を吐《つ》く。

「姫様、やっぱり細長を用意した方がよろしいですね。今すぐ準備して参ります」

「もういいよ……。他に何か言うことはないの？」

「えっ？　他にでしょうか？」

夕月の興味なさそうな態度を見て、逆に陰陽師の方が驚きを見せていた。

正直着る服一つでわざわざ占ってもらうのもおかしな話だと思う。

むしろばかばかしい。

それよりももっとためになる占いをして欲しいものだった。

しかし陰陽師はそれ以上何か言う訳でもなく、口を閉ざしたまま冷や汗を流していた。この時代、占いを信じない、陰陽師に対してこのような態度をとる女性、しかも幼女なんていないのだろう。どうしてよいか、狼狽《うろた》えているようだ。

もしかすると両親からこの服装について何か言われてきたのかもしれない。

「何もないなら私は外に行くね」

慌てる秋をよそに夕月は部屋を出ようとする。

するとそのタイミングで陰陽師が小声で呟いてきた。

「姫様は本日、その一生を変える出会いを果たすでしょう……。ですが、あるべき未来へ向かうこと、そのことこそ幸福への道だと考えてください」

「ふーん、わかった。そうするね」

手を振り振り、夕月は秋の声を無視して部屋を後にする。

庭先へと出ると夕月は蹴鞠をしながら先ほどの出来事を考えていた。

最後の一言。

あるべき未来。夕月が転生してこなかった場合の、未来のことだろうか。自分の存在が、もしこの世界に何かよくない影響を与えているのだとしたら。

でも、八坂神社の神様には、思うように生きていいと言われたのだ。

――私は私らしくしか生きられないし、生きたくない。せっかく、生まれ変わったんだから。

「あっ……」

そう決意したところで、うっかり蹴鞠の球を弾《はじ》いてしまい、遠くへと飛んでいってしまう。

蹴鞠を追いかけていくといつのまにか東の対へとたどり着いていた。

夕月が住んでいる西の対と瓜二《うりふた》つの建物。

「そういえば私の兄弟がいるんだよね？　どんな子なんだろう？」

いろんな人たちの話によれば兄弟は男の子のはず。それなのに一度も出会ったことがないのはなぜだろう？　東の夫人が過保護でまだ幼いその子を外に遊びに連れ出していないだけだろうか？

するとそんな時に部屋の方から声が聞こえてきた。

「君……、誰？」

まだまだたどたどしいその口調。

その声がした方に振り向くとそこにいたのは、夕月と瓜二つの姿をした少年であった。

まるで鏡でも見ているかのようなその姿。

それを見た瞬間に夕月は固まってしまう。

「私は……君？」

わけのわからないことを口にしてしまう。だがすぐに冷静になって事態を飲み込むことができた。

「ごめんね、私は西の対に住んでいる夕月だよ。君の名前は？」

「僕？　僕は朝露。この東の対に住んでるよ」

――やっぱりこの子が私の兄弟なんだ。

「そっか、よろしくね」

改めてじっくりと朝露のことを観察する。

まるで女の子にしか見えないほど可愛《かわい》らしい容姿。気弱そうな表情、色鮮やかな細長。

どこをどうとっても少女にしか見えない。

「朝露はすごく可愛らしいんだね」

ついつい思ったことをそのまま口に出してしまう。

すると、朝露は顔を赤らめて恥ずかしそうにうつむいていた。

「あ、ありがとう。でも、お母様はこんな女の子みたいなことはやめろって言うんだよ」

「いいじゃない！　素敵だし、似合ってるよ。朝露は朝露でしょ？　自分のしたいようにしよう！　それが、一回こっきりの人生、楽しむコツだよ！」

実際は二回目なのだが、だからこそ、夕月が感じていることを言う。しかしそれはこの世界では珍しい考え方だったようで朝露は大きく目を見開いていた。

「本当にいいのかな？　僕、このままでも……」

「だってそれが朝露でしょ？　嘘偽《うそいつわ》りない姿のあなたが、私は好き」

「そっか……。うん、ありがとう。夕月」

朝露はようやく笑顔を見せてくれた。

「よかったらまたここに来てくれないかな？　今度はもっとゆっくり話したいな」

「もちろん。私たちはきょうだいなんだから、お互い遠慮する必要なんてないんだよ」

それにこんな可愛い子だったらいつでも大歓迎だ。

それからしばらくの間夕月は朝露と一緒に話し合った。

男として生まれたのに女の子っぽい自分を思い悩む朝露。

その悩みは自分と同じでなんとなく共感できてしまう。

だからこそ、どうか一度目の人生で、後悔なく生きてほしい。

――私は、私を生きるのと同時に、この子を自分らしく、朝露らしく生かしてあげよう。

そのために、生まれ変わったのかもしれない。

〝その一生を変える出会い〟は、これだ。

夕月は大きく納得し、自分と瓜二つの――だけど、とっても可愛らしい顔を、じっと見つめていた。

第二話　料理

「姫様、こちらの料理はいかがでしょうか？」

庖丁人《ほうちょうにん》が不安そうに持ってきたのは味噌汁《みそしる》。

せっかく味噌があるのに、あくまでもおかずにつける調味料の一つでそれ以外に使い道がないのは勿体《もったい》無い。それで実際に夕月《ゆうづき》が味噌汁を作り、美味《おい》しそうに飲んでいたので、庖丁人が調理法を聞いて自分でも作ってみた、というのだ。

こうやって、馴染《なじ》みのある料理がもっと増えてくれることは夕月にも利があるのでありがたいことだ。

「うーん、ちょっと味噌が多いね。あまり辛いと体に良くないからもう少し抑《おさ》えたほうがいいよ」

「体に……良くない、ですか。姫様は医術の心得もあるのですか？」

「べ、別にそんなことないけど、体に良くなさそうなことくらいわかんない？」

もし医術の心得があると思われて、治療を頼まれたら困るので素直に伝える。

「あまりにも姫さまが何でもできるから医術もご存じなのかと思いましたよ」

庖丁人は口を開けて笑っていた。

その様子を見て夕月は冷や汗を流す。

「それじゃあおにぎりの準備はできてる？　朝餉《あさげ》にしましょう」

おにぎりと味噌汁、あとは細々としたおかず達。まだまだ味がついていない料理もある。

それでも庖丁人はいろんな料理を研究して少しでも美味しく食べられるように考えてくれている。

ここまでしてくれているのだからそのうち料理は不満がなくなるかもしれない。

ちょっと濃いめの味噌汁におにぎりをつけて食べる。

おにぎりは逆に味付けを薄めにしてもらっている。いろんな料理を作ってもらったが、初めは濃いめになる傾向がある。

これは庖丁人だけではなく、夕月の両親も調味料をかなりつけて食事をとっていた。

そんなことをしていたら、そのうち生活習慣病にかかり命を落としてしまうだろう。

少なくとも目の届く範囲はしっかり体調管理をしないといけない。ほとんど運動をしないのだからせめて食事くらいは。

「あっ、そうだ。朝露《あさつゆ》にも食事を持っていってあげないと」

自分と同じ顔の少年のことを思い出す。

朝露は夕月以外の人前に出ることはほとんどなく、いつもお付きの者と碁《ご》や双六《すごろく》をして遊んでいた。

ある日、そんな朝露に来客を出迎えるように父親が言ってきた。

そのことを半泣き状態で夕月に相談してきたのだ。

「どうしよう、夕月。僕そんな人前になんか出られないよ……」

夕月に胸を預けるような形で肩を震わせる。

そんな彼を安心させるように夕月が答える。

「それなら出迎えは私がするよ」

「で、でも――」

「大丈夫。私たち、顔はそっくりなんだからお客さんは気づかないよ」

そもそも両親ですら間違えることがあるほど、この二人は容姿が似ている。

「……夕月はそれでいいの？　僕の代わりなんて」

「こういうのは適材適所だからね。私の方が人と接するのは得意だから」

「うん……。それじゃあお願いしていいかな？」

「任せて！」

それから夕月は笑顔のまま父が連れてきた来客を出迎えていた。

「おじさま、良くお越しくださいました」

丁寧《ていねい》な挨拶《あいさつ》をすると、やってきた貴族は驚いた後にすぐ笑顔を向けていた。

「あはは、これはこれは権大納言《ごんだいなごん》殿が羨《うらや》ましいですね。これほど優秀な若君がおられるなんて。それになんとも愛らしいお姿だ」

「ありがとうございます」

褒《ほ》められた夕月は嬉《うれ》しそうに笑みを浮かべる。

しかし、権大納言はなんとも言いづらい表情をしていた。

今挨拶をしたのが朝露ではなく、夕月であることに気づいてしまったからだ。

もし、これが本当に男だったら、と思わずにはいられなかった。

そのことがあってから、来客の時は夕月が対応するようになっていた。

「僕が人前に出られないばっかりに夕月には迷惑をかけるね」

「私は楽しんでるから大丈夫だよ。それより夕食を持ってきたよ。一緒に食べよ」

さきほど庖丁人に作ってもらった料理を朝露の前に置く。

まだまだ完全ではないものの随分《ずいぶん》と味がついた料理が出てくるようになった。

それは朝露も慣れていたのだが、今日はまた一段と変わったものが出てきたので、その表情が固まっていた。

その視線は味噌汁に向いていた。

この時代味噌汁はなく、汁物といえば素材が入れられ、煮詰められただけのものだった。

そんな朝露からしたら突然現れた茶色の液体。不思議そうにする理由もわかる。

「夕月……、これは？」

「飲んでみたらわかるよ」

そう言うと夕月はおいしそうに味噌汁を飲んでいた。まだまだ現代のものに比べると味は落ちてしまう。それでも和食にはやっぱり味噌汁がないと。

夕月が飲んでいるのを見て、朝露も息をのみ覚悟《かくご》を決めて同じように味噌汁を飲む。

「おいしい……」

「でしょ。ここまでの味にするのに結構時間がかかっちゃったんだけど、まだまだ味を良くするつもりだよ」

「ねぇ、夕月。どうして君はここまで色んなことをしようとするの？　何もしなくても君は器量がいいしお父様が良い縁談を持ってきてくれると思うんだけど、それなのになんで変わろうとするの？」

朝露の不思議そうな瞳《ひとみ》を見て、夕月は逆に首を傾《かし》げる。

「そんなに不思議なことかな？　私はただ自分のやりたいようにしてるだけだよ？」

「でも、僕がこの姿をしていると良くないことが起こると陰陽師《おんみようじ》の方が……」

「そんな誰とも知らない陰陽師の当たるかもわからない未来を信じるの？　そんな馬鹿馬鹿しいことはないよね？」

占《うらな》いが信じられているこの時代にそれを否定する言葉。それを聞いた朝露は怯《おび》えた様子で目を泳がせていた。

朝露も占いを信じてるんだ……。

夕月は苦笑を浮かべる。

まだまだ自然災害や原因不明の病《やまい》は神の仕業《しわざ》と思われていた。だからこそ占いを信じるものが多かった。

「そ、そんなことを言ったら神様の怒りが……」

神様なら私が自由にすることを望んでいる。

その事実を知っているからこそこんなことで天罰《てんばつ》が起こるわけないことはわかっていた。

「じゃあさ、陰陽師の人はなんて言った？　本当に、その格好がよくないって言ったの？」

夕月に言われて、朝露が首を傾げる。

「うーん、そう言われると……『あるべき姿でいるべき』だ、って言ってたような……」

「じゃあさ、それなら自分を無理やり押し込められる今の状況こそがおかしいと神様が言ってるんじゃないかな？　あるべき、っていうのは、きっと神様も自分をさらけ出すようにと言ってるんだよ」

言ってて自分でも都合《つごう》のいい解釈だなと思えてしまう。それでも朝露は感銘を受けていたようだ。

彼も自分を認めてくれることを望んでいたのだろう。

「ありがとう、朝露。うん、この姿も僕らしさだよね。僕、安心したよ」

「それならよかった。それじゃあ、早くご飯を食べましょう。せっかくのご飯が冷めちゃうよ」

話をそこそこにして、夕月は料理を食べ始める。

それに釣《つ》られるように朝露も料理を食べ始めた。その表情は憑《つ》き物が取れたように清々《すがすが》しいものへと変わっていた。

その様子を眺めてため息を吐《つ》いている人物がいた。

この館の主で朝露や夕月の父親である権大納言その人だった。

「どうして、こんなことになっているのだ」

悩みの理由は当然ながら夕月達、兄妹《きょうだい》にあった。

夕月は蹴鞠や弓は上手《うま》く、学もあり、たまに変わったことをするが、その柔軟《じゅうなん》な知識は帝《みかど》のために役立つだろう。人の前に出しても恥ずかしくない子だった。もし男であったのなら……。むしろ自慢の息子として嬉々《きき》として紹介していたであろう。

一方の朝露はとても愛らしく美人に成長していた。

美人の条件である長く艶々《つやつや》とした髪。

仕草格好もお淑《しと》やかでどんどん女のものへとなっていった。

この子が女だったら。そう思ったことも数回ではすまない。しかし、これも運命なのだろう。

奇怪な運命を背負《せお》った我が子達に思わずため息を吐かずにはいられなかった。

二人の性別を取り替えられたら……。いや、まだ可能性はある。しっかりと祈れば二人とも本来の〝あるべき〟姿に戻るかもしれない。

「そうと決まればすぐに出かける準備をしないと」

権大納言はいそいそと牛車《ぎっしゃ》の準備を始めるのだった。


急に父親から神社に出かけると言われた。

とても楽しそうな表情を浮かべていたので、祭りでもあるのかもしれない。

「それにしても朝露も一緒に出かけるなんて珍《めずら》しいね」

「う、うん……。お父様にどうしても、って言われて……」

朝露は困った表情を浮かべ、苦し紛《まぎ》れに笑って見せていた。

やはりあまり進んでいきたいわけではないようだった。

「あまり無理したらダメだよ。どうしてもつらいなら私がお父様にお願いするから」

「だ、大丈夫……。人に会うわけじゃないから……」

朝露が頑張ろうとしているのだからこれ以上何かを言うのは野暮《やぼ》かなと、夕月も口を閉ざす。

それにしても館の外に出るのはなにげに初めてでわくわくとしてしまう。

アスファルトで覆《おお》われた地面も高いビルもない。穏《おだ》やかな世界が広がっていた。

昼の穏やかな気温。

ゆっくりとした動きで進む牛車の中は心地よく眠くなってくる。

たまに激しい揺れで目が覚《さ》めるのがかえってありがたいかもしれない。

それでもウトウトとしてきて、瞼《まぶた》が重くなってくる。

「さて、着いたよ」

牛車が止まり、見えてきたのは見覚えのある八坂《やさか》神社その場所だった。

以前に見たような神々《こうごう》しさそのままに佇《たたず》む神社。

この時代でも桜が満開に咲いており、春の鮮《あざ》やかさをより鮮明に引き立てていた。

馬車から降りた夕月はそれに圧倒されて、その動きが固まっていた。

唯一《ゆいいつ》違う点は地面が光っていないことくらい。

あの光は一体なんだったのだろう?

ライトアップの一つかと思っていたが、あの神々しさは何か別の理由がありそうだった。

「ここは……八坂神社?」

「八坂?　ここは須佐之男命《すさのおのみこと》が祀《まつ》られている祇園《ぎおん》社だ。悪い縁を祓《はら》うにはこれ以上ふさわしい場所はない」

「ここ……不思議な感じがする……」

朝露がポツリと呟《つぶや》いた。

権大納言が一瞬驚いた様子を見せながら、すぐに口を開けて笑い出していた。

「ははは っ、ここは青龍《せいりゆう》様が住まう龍穴《りゆうけつ》の上に立つ神聖な神社だからな」

もしかするとあの時の光は龍穴の力？

そんな力があるのだろうか、と疑いながらも自分をこの世界に転生させた神様の言葉を思い出すと完全に否定することはできなかった。

本当にこの世界で自分は正しい道を進んでいるのか？　そのことで周りの人に迷惑をかけているのではないだろうか？

そのことを問いかけてみる。ただ、前の時とは違い返答はない。

それでも、この時代にもこの神社があること、そしてこの神社が神聖な力を持つことを聞き、どこか納得させられた。そして結局のところ、自分を信じて先へ進んでいくしかない、と改めてそう決意させられる。

――私は、本当にこの時代に生まれ変わった。そして、恐らく、元の時代には帰れない。ここでこのまま、思うように生きろ、そういうことだよね。

神聖なる社《やしろ》を見上げ、夕月は胸に手を当てつつ、そう心に誓《ちか》うのだった。

第三話　出仕

十四歳になる頃《ころ》には、夕月《ゆうづき》についての噂《うわさ》がどんどんと大きくなっていった。

才能に優《すぐ》れ人柄《ひとがら》にも優れている。その考えは奇抜《きばつ》ながらも発想力に優れ、生活を一変させるようなものだった。

特に食事に関することが大きく、権大納言《ごんだいなごん》家で食事を食べた皆が一様に「ここの料理はやみつきになる」と声を揃《そろ》えるほどだった。

そんな噂がついには帝《みかど》の耳に入ってしまい「いつになったら権大納言の息子は宮仕《みやづか》えをするのだ？」と聞いてくるようになってしまった。

元々貴族の子供達は子供のうちから宮中に入って行儀見習いをするのが普通であった。

もちろん権大納言も何事もないのならそうしたいのは山々である。

しかし、朝露《あさつゆ》はとてもじゃないがそんな人々の前に姿を出して生活することなどできない。

かといって噂の若君である夕月は女子であった。

このような状態でどうして人前に出せようか。

「ああ、ふたりを、とりかえられたら……」

ついに口に出してしまう。

権大納言は常々頭を抱えて悩んでいた、しかしついに断り続けるわけにもいかなくなってしまった。

なんとなかなか宮仕えしない噂の若君に対して、帝から五位の位《くらい》を与えられてしまったのだ。

この位以上の人が殿上人《てんじょうびと》と言われる、官位として憧《あこが》れの的の位である。

その上で早く元服《げんぷく》して宮仕えするように、と言われてしまう。

「もうだめか……。これ以上は匿《かくま》いきれないな」

この時代、大人になるために儀式を行っていた。ただしそれは男女別の儀式で、男性の場合は元服という。

最後の確認として権大納言はそのことを夕月に話す。

「帝から成人前にも拘《かか》わらず位を頂くことになった。おおよそ断ることはできないと思うが夕月はどう思う？　そなたが嫌ならば何か別の策を講じることになるが」

「？」

断ると言われても、そのことの理由がはっきりとわかっていない夕月。

──帝の側仕《そばづか》えとして働くってことは公務員ってことかな？　しかもそれなりに高い地位を与えられるんなら、断る理由なくない？

今後の生活を悩む必要がなくなる。ただ子供の将来に関《かか》わる事なのだから、権大納言がわざわざ聞いてくる理由もわかった。

問題らしい問題といえば、まだまだ若いのに働くことになることくらいだろうか。ただこのくらいの時期なら学校へ行きながらバイトをしていた前世を思い出す。

それに似たような感じなのだろう。

事実母──西の対《たい》の夫人は喜んでいるようにも見えた。

「分かりました。その話喜んでお受けしたいと思います」

「本当か？　本当にいいのか⁉」

権大納言は驚きの表情を浮かべながら再度聞き返してくる。

それに対し夕月は笑みを浮かべながら答える。

「もちろんにございます。この夕月、自分の力を発揮して頑張りたいと思います」

「そうか……。すまんな……」

なぜか権大納言に謝られてしまう。その理由がわからずに思わず首を傾《かし》げてしまう夕月であった。

夕月の意思確認を取った後、権大納言は今度は東の対へときていた。

夕月の成人については決まったので次は朝露の番だった。

「朝露の成人の儀はどちらで行うか？」

東の対の夫人に対して問いかける。

父親と会うのも恥ずかしそうに顔を隠している朝露の姿を見て夫人はため息を吐《つ》く。

「この姿を見ている限り元服させるわけにはいかないでしょう。この子は女として裳《も》着《ぎ》の儀を行い、後に尼《あま》にするしかないでしょうね」

女性として成人の儀を行ったとしても、中身が男なのだから婚姻《こんいん》させることもできない。なので、出家して尼となり、寺に仕えるのが良いのでは、ということだ。

「朝露はそれで良いのか？」

その問いかけに対して朝露は必死になって首を縦に振った後、すぐにその姿を隠していた。

「仕方ないの。それで動くとするか」

大きくため息を吐いた後、権大納言は二人の成人の儀の準備を始めるため、立ち上がった。


こういった重要な儀式にはそれぞれ縁ある人が重要な役目を引き受ける。

元服では冠《かんむり》をかぶらせる役目。

裳着では裳《も》という腰につける衣の腰ひもを結ぶ役目。

権大納言家ほどの名家ならば、それなりに地位のある相手に頼むのが普通である。

しかし夕月たちの事情を考えると下手《へた》な相手に任せられないのも事実。

悩みに悩んだ結果、夕月の元服は権大納言の兄である右大臣に。

朝露の裳着は権大納言の父である大殿に頼むことにした。

もちろん親族とはいえ彼らは夕月たちの秘密を知らない。

その秘密を知るのは両親の他にお付きの者達ぐらいであった。もちろん彼らから秘密を口外することはない。特に夕月に対しては。

彼女の提案によってこの権大納言家の生活は一変していた。

日々の食事はみんなの楽しみになり、その他生活に対しても様々な夕月の提案によって随分《ずいぶん》と暮らしやすくなっていた。

そんな愛する彼女の秘密が暴かれ、いなくなっては、もう困るのだ。

夕月の元服の儀。

髪を切り、冠をかぶせてもらう。その姿を見ていたお付きの者達は目に涙を浮かべて悲しんでいた。

本来女子である夕月が男として成人する。その不憫《ふびん》な出来事に無意識ながら涙を浮かべずにはいられなかったのだ。

「これはこれはめでたいことですね」

右大臣は夕月の頼もしい姿を見て思わず感心していた。

「お褒め頂き光栄にございます」

そんなこととは露《つゆ》知らぬ夕月は、面映《おもは》ゆそうに微笑《ほほえ》んでいる。

「いやいやそなたほど凛々《りり》しい若君はついぞ見たことがない。出仕した途端《とたん》に縁談が舞い込んでくるであろうな。羨《うらや》ましい限りだ」

「いやいや兄上、夕月はまだ若輩者《じゃくはいもの》ゆえ、縁談を受けるには早すぎる」

権大納言は慌てた様子で答えていた。

「そうだ、せっかくならば我が家でいただこうか？　我が家には三の君と四の君が残っている。いかがであろう？」

――まだ十四なのに結婚の話なんて早いな。でも権大納言家が高貴なる身分であることを考えると、許嫁《いいなずけ》等がいてもおかしくないか。姫……というところが気になる部分ではあるけど。

相手が自分の兄ということもあり権大納言はかなり慌てている。

その様子がおかしくて夕月は微笑みながら答える。

「父上、これは伯父《おじ》様の褒め言葉ですよ。ありがとうございます。今後とも若輩たるこの身をお導きいただきとうございます」

夕月がうやうやしく頭を下げる。

一方、朝露の裳着では大殿が嬉《うれ》しそうな笑みを浮かべていた。

その美しき姿を見て思わず感嘆の声を漏《も》らす。

「素晴らしいな。これほどの美人ならば必ず帝の目に止まる。男君の跡継《あとつ》ぎが必要な帝にもっと若い女御《にょうご》が必要だという話も出ているのだ。朝露ならばこれほど適任な人材はいないであろう」

そんなことをして朝露が男であることがバレてしまっては大変だと、権大納言は慌てて反論をする。

「父上、この子は大変な人見知りでして、とてもじゃないですけれども、帝の前に立つこともできないのです」

「そうなのか……。これほど美しいのにもったいないな……」

大殿は残念そうに呟《つぶや》いていた。


そうして夕月はついに初めて出仕することになった。

朝、準備をして牛車《ぎっしゃ》に乗り込み帝のいる御所へと向かって行く。

さすがに初めての出仕は緊張してしまう。そのことを察した権大納言が話しかけてくる。

「大丈夫か？　初めての出仕だから無理をせずにな。何か問題が起こりそうだったら私に言うんだぞ」

「わかりました、父上」

牛車の物見（窓）から見える外の景色は、八坂《やさか》神社（祇園社《ぎおんしゃ》）への道のりとはまた違い、夕月にとっては初めて見る光景で思わず見入ってしまう。

端から端まで数十メートルはありそうなほど広い通りには様々な物が売られていた。

本当ならば歩いて見て回りたいのだが、今日はこれから出仕ということもあり我慢《がまん》することにする。

宮中に入ると夕月は権大納言と共にまずは帝へ挨拶《あいさつ》することになった。

「よくぞ来た。そちの話は巷《ちまた》の噂でよう聞いておる。期待しておるぞ」

「はい、主上《しゅじょう》のお力となれるよう、尽力《じんりょく》して参ります。末永くよろしくお願い申し上げます」

頭を下げ帝との謁見《えっけん》が終わった。

挨拶を終えると時刻は昼過ぎになっていた。

これから一体どんな仕事をするのだろう、と期待を胸に権大納言の後についていく。

それと権大納言がこちらの方を振り向き言ってくる。

「さて、それじゃあそろそろ帰るか」

「そうですね。精一杯頑張ります。……えっ？」

仕事をするよう言われるのかと思ったらまさかの半日で帰宅するようだった。

もしかするとなれない出仕だったので、少なめの時間にしてくれたのかもしれない。

その心遣いがありがたかった。

でも働く気持ちでいたのに消化不良でそこだけがやや不満だった。

「父上、明日から仕事頑張らせていただきますね」

「そうか。お前がやる気になってくれるのは私も嬉しいよ。だが、くれぐれも無茶はせぬようにな」

しかし翌日になり、出仕の準備をしていると父が一向に出てくる気配がなかった。

不思議に思い、父の部屋を尋ねる。

「父上、そろそろ出仕のお時間ではないでしょうか？」

「あぁ、夕月か。今日は占《うらな》いの結果が悪いから休もうと思う。お前もゆっくりしてくれ」

「えっ？　占いの結果が悪いから休むのですか？」

思わず聞き返してしまう。そんな休暇の理由なんて聞いたことがない。

しかし権大納言の口から言われることは夕月にとって衝撃だった。

「何もおかしいことはないであろう？　今日出仕すると良くないことが起こるのだから、休むのは当然のことだ」

「良くないこと……ですか？　いったい何が起こるのでしょう？」

「さぁな。それは神のみぞ知るところだ」

思わず頭を抱えたくなる。

そんな起こるとも知れない事象に怯《おび》えて家から出ないなんて、夕月からしたら考えられないことだった。

「それなら私だけでも出仕してもよろしいでしょうか？」

「いや、夕月が出るのもダメだ。もしそれで主上に何かあっては立つ瀬がない」

信仰《しんこう》深すぎるのも問題だろう。

夕月はため息を吐きながら頷《うなず》く。

「分かりました。今日のところは家でゆっくりさせていただきます」

――することもないし、成人の儀を終えた朝露にでも会いに行こうかな。

夕月が東の対へとやってくる。

突然現れた男性に朝露は慌ててその姿を隠すが、夕月だと分かるとすぐに笑みを見せながら姿を現した。

「夕月、来てくれたんだね」

「今日は出仕しなくていいみたいだからね。せっかくだから顔を見せに来たんだよ」

「出仕しなくていいの？　何かあったの？」

「陰陽師《おんみようじ》に今日の占いをしてもらったんだよ。それであまり結果がよくないみたいだから」

「それなら仕方ないね」

朝露が頷いて見せていた。どうやらこの時代ではそれが普通らしい。なんとなく権大納言が言っていた時から当たりはついていたが、朝露の反応を見てようやく納得することができた。

納得はできてもよしとすることはできない。

「勝手に行って仕事ってできないものかなあ？」

「うーん、でも、仕事には有職故実《ゆうそくこじつ》っていうしきたりがあって、それを教えてもらわないといけないらしいから、最初は難しいんじゃない？」

それもそうか。なら今は従って、早く仕事を覚えるしかないらしい。

仕方がないので話を変えて、朝露の近況を聞くことにする。

「それよりも朝露の方は困ったことがない？」

「僕の方は平気だよ。むしろ今はこの生活がとっても楽しいよ」

「ふーん、そうなんだ。それならよかったよ」

「女の人ばっかりの生活は、安心するね。夕月こそ、男の人ばっかりで大変そうじゃない？」

「えっ？」

「怪しまれたり、いじめられたりしなかった？　僕の代わりに大変なところへ行かせてごめんね」

「そんなことないよ。仕事はまだしていないけど、これから楽しみだよ。いったいどんなことをするんだろう？」

ワクワクする気持ちを抑《おさ》えられないといった感じに楽しげに朝露へ語る。

「夕月が楽しそうならよかったよ。でも正体がバレないように気をつけてね」

どうもさっきから気になることを朝露が言っているような気がする。

夕月は改めて、朝露に訊《き》いた。

「えっと……バレる、って何？　バレたらどうなるの？」

「え？　夕月が女の子ってことだよ。公卿《くぎょう》として出仕するのは男だけだからね。バレたら、帝を騙《だま》したことになる。極刑《きょっけい》は免《まぬが》れないんじゃないかな？」

大変なことをしてしまった。

——気軽に出仕に応じたのに、バレたら死刑だって⁉　そんな大変なこと、どうして父上は言ってくれなかったんだ！　私がＯＫしたからって、無謀《むぼう》なことし過ぎじゃない⁉

話を受けてからのことを思い返し、思わず身震いしてしまう。

――私が朝露の代わりに出仕していることは絶対バレてはいけない。

そう固く決意するのだった。


そして翌日、やっと改めて本格的に出仕したのはいいが、特に何も仕事がなかった。

「のんびりできることはいいことだ」

権大納言はほっとため息をついている。しかしろくに仕事もせずにのんびり歩いているだけでいいのだろうかと夕月は不安に思ってしまう。

すると程なくして下流貴族たちが宮中の掃除《そうじ》を始めた。

「父上、私たちも掃除をしましょう」

夕月は腕まくりをしてようやく現れた仕事に意気込みを見せる。

しかし権大納言は首を横に振っていた。

「夕月、あれは彼らの仕事だよ。他人の仕事をとってはいけない」

「でもそれなら私たちは何をするのですか？」

「会議をしたり、歌を詠《よ》みあったりだな」

――もっともらしく言ってるけど、会議はそれらしいとして、歌を詠み合うことが仕事？

思わず不思議そうに首を傾げてしまう。

「歌の事をバカにしてはならんぞ。貴族にとって何よりも大事な素養だ」

「そうなんですね」

確かに平安時代と言ったらたくさんの和歌が詠み合われたイメージがある。

貴族の嗜《たしな》みならそれは当然であろう。

もちろん夕月も権大納言家の若君として育てられている。

漢文や和歌も慣れないながらもしっかり勉強はしていた。

突然和歌を詠みかけられて返答を求められることがあるのだから、貴族として過ごすのなら必須スキルのようだ。

「それだけで八時間も働けるのですか？」

なんとなく仕事は八時間働かないといけないようなイメージを持っていた。

「時間……？　ようわからんが、やるべきことは山ほどある。終わらねば、帰れんぞ」

厳《おごそ》かに父が言う。意外と時間がかかるかもしれない。これは夜中まで働くことも覚悟をしておく必要があるだろう。そう思っていた。

しかし――。

「あれっ？　父上、まだ明るいですよ？」

昼過ぎから働き出して今はまだ夕方にもなっていない。それなのに権大納言と夕月はもう帰宅の途に就《つ》いていた。

「日が沈んだら暗くて帰れないだろう？」

何を当然のことを言っているんだという風に権大納言に見られる。

本当にちょろっと会議をして後の時間は大半遊んでいたようなものだった。これが本当に仕事なのだろうか？　全く働いた気がしない夕月は疑わずにはいられなかった。

今日はたまたま仕事が終わるのが早かっただけだろう。

そう思うことにしたのだが。次の日も、またその次の日も同じようにまともに働かずに帰る日々が続いていた。一日四時間労働なんてホワイト企業もびっくりの労働時間であった。その分、休みはないのだが先日みたいに陰陽師の占いの結果が悪いときは休んで良いことになっていた。

このまま無気力に生活をしていては何のためにこの時代に来たのかわからない。

そのことを悩んでいるとある日、改めて陰陽師がやってきた。

以前夕月に女らしく過ごせと言ってきた、あの切れ長目の意地悪陰陽師である。

ただ相手はそのことを覚えていないのか、夕月を見ても顔色ひとつ変えていなかった。

しかし夕月ははっきりとそのことを覚えていた。

眉《まゆ》をひそめ怪訝《けげん》そうな顔つきを見せる。

――この人って私のことあまりよく思っていない人だよね？　今日もまた良くないこと言うんじゃないかな？

不安そうな夕月をよそに権大納言は笑顔を見せながら陰陽師を迎え入れた。

「よくお越しくださいました。して、今日の運勢はいかほどでしょう？」

「ふむ、そうですね……」

一瞬夕月の顔を見た陰陽師だが、すぐに向き直り話し始める。

「今日は何をおいても出仕されるべきですね。今日出かけられるか否《いな》かで今後の未来が大きく変わるでしょう」

はっきりとしたことを言わないのが占いというものだが、今日はより一層はっきりとした物言いをしない。

ただ、仕事に出かけられるなら文句はないので夕月からは特に何も言わなかった。

「ほう、出かける刻限はいつがよろしいですか？」

「もちろん、今すぐです」

「今⁉　まだ準備の方ができておりません故《ゆえ》に」

「遅れれば遅れるほど幸運は逃げ去って行きます。何を差し置いても出かけられるべきです」

「わ、分かりました。夕月、行くぞ」

権大納言は夕月のことを急《せ》かして、出仕していった。

それを見送っていた陰陽師は口の端を吊《つ》り上げ笑みを浮かべていた――。


「一体、何があるというんだ」

権大納言は汗を拭《ふ》き拭き言う。従う夕月は、いつも昼過ぎの宮中しか見ていなかったので、人のいない、静謐《せいひつ》な空気の流れる空間に新鮮なものを感じ、周囲を忙《せわ》しなく見回していた。

「夕月、のんびりするんじゃない。陰陽師殿の仰《おつしや》った幸運、何があるかわからん」

そんな夕月を置いて、権大納言はさっさと職場である清涼殿《せいりようでん》に行ってしまう。

残された夕月は、改めて自分が来た平安時代の美しさを感じていた。

かつていた日本で、こんなに美しい和風の建築を見たことがあっただろうか。存在はしていたかもしれないが、女子高生だった夕月にはあまり目に入っていなかった。

繊細《せんさい》な装飾《そうしょく》、多彩な色使い、優美な曲線、どれをとっても一級品だ。

自分を自分らしく（？）生きられている今だからこそ、美しく見えるのかもしれない。感謝をしながら、大きく息を吸う。

――もっともっと、自分らしく、仕事を頑張りたい。頑張らないと！

と決意を新たにしていたところで、前方に、この美しい空間の中でもひと際《きわ》輝いて見える男性がいつの間にか立っていた。思わず、むせてしまう。

「おや、そなたは確か権大納言の――」

その美しい男性が夕月に声を掛けてきた。帝の兄弟の東宮《とうぐう》である。

夕月は宮中の一役人である自分のことを覚えてるんだ、と驚きながら答える。

「ゆ、夕月と申します。初めまして」

うやうやしく頭を下げると東宮は笑みを浮かべながら手で指示を出してくる。

「よいよい、其方《そなた》の名はよう聞いておる。あのうまい姫飯《ひめいい》に楚割《すわやり》を混ぜたものを考案したのがそちというではないか。一度、話してみたかったのだ」

そう言われると、畏《かしこ》まり過ぎるのも違う気がして、夕月は頭を上げた。

「何やら思い悩んでいると聞くぞ。何かあったのか？」

相手は次期帝である東宮。こんなことを言っていいのかどうかわからなかったが、向こうから聞かれているのだからと答える。

「実は……もっと仕事がしたいのですが、特にやることもなく、こうして何をすべきか考えていたところにございます」

「ほう、それは珍《めずら》しい悩みだな」

変わった夕月の答えに東宮は笑みを浮かべる。

「それなら私が仕事を与えよう。ちょうど困った悩みが届いていたんだ」

「それは何でしょうか？」

「最近夜になると強盗《ごうとう》等が現れ治安がすこぶる悪くなっておるのだ。これを解決する方法はないだろうか？」

「治安……ですか」

さすがに夕月一人ではどうにもならなそうな質問であった。

「できることといえば、見回り等を増やして犯罪を起こらないようにすることでしょうか？　警察――治安を維持するような組織を作らないのは、何か問題があるのですか？」

まともに警察組織がなく、治安維持のためにいっさい活動をしていなかったこの時代に盗賊が現れるのは必然とも言える。それを防ぐ方法と考えるとやはりまずは見回りが一番だった。しかしそれはたった一人の行いではどうにもならない。

思いきって組織を作り、治安維持のために活動することこそ必要だろう。

そもそも警察がいないなんて夕月からしたら考えられないことでもあった。

間髪《かんはつ》入れずに答えた夕月に対して、東宮は考える素振りを見せる。

「問題は、あるな。そういった組織を作ったとしても公家《くげ》は一切興味を示さない。庶民の生活なんて関係ないからな」

「ですが、街の治安が悪くなるとそのうち反乱が起こり宮中にも戦火が及ぶかもしれないです。東宮も、それをご心配なさっているのでしょう？」

「よし、わかった。それなら夕月、そちに任せる。うまく組織を作り上げてくれ」

「わ、私が……ですか？」

「もちろんだ。そなたの提案であろう？」

「うっ……」

確かに提案はしたもののそれは聞かれたから回答したに過ぎなかった。展開が早過ぎる。

まさか自分が組織の責任者になってしまうなんて思いもよらなかった。

「……分かりました。誠心誠意力を尽《つ》くさせていただきます」

「うむ、頼んだぞ」

それだけ言うと東宮は去っていった。後に残された夕月は思わず頭を抱える。

――権力者だからって、決めるのが早過ぎるよ！　周囲との折衝《せっしょう》とかいらないの？　軋轢《あつれき》起こらない？　これが独裁ってやつ？

すると、東宮と入れ違いに一人の男が夕月に向かってくる。

「なかなかの難題を突きつけられたようだな」

「中将《ちゅうじょう》殿……。聞いていたのですか？」

夕月に話しかけてきたのは、ちょうど同じ歳《とし》ぐらいの整った顔立ちをした近衛《このえ》中将平《たいらの》頼高《よりたか》だった。

華やかな美貌《びぼう》で背はそびえるように高く、文雅《ぶんが》にも秀《ひい》でており、特に和琴《わごん》の名手として知られる、宮中の有名人だ。なので出仕して日の浅い夕月でも知っていた。呼び名の〝近衛中将〟は、彼が任じられている役職であり、禁中の警護を担当する職である。

「しかし君は腕も立つのだろう？　そういう噂《うわさ》も流れていたぞ」

「噂は得てして誇張されるものです。さすがに私も複数を相手にして勝てるとは思っておりません。……そうだ」

何故《なぜ》だか気軽に夕月に話しかけてきたこの人は、宮中だけとはいえ、警護を担当する、つまり警察か警備員みたいな人の長《おさ》ではないか。ちょうど目の前には頼みやすそうな男が一人。そう考えるとやるべきことは一つだった。

「中将殿、折り入って頼みがあるのですが」

「警察とかいう組織に関わること以外なら聞こう」

言う前から断られてしまったも同然だった。しかし夕月は諦《あきら》めなかった。

「構いません。ただ、私と一緒に街の下見へ行ってもらえませんか？　恥ずかしながら私はまだ街を歩いたことがありませんので」

正確には転生前ならある程度歩いたことがあった。しかし街の様子は全く違う。碁盤の目のような配置はそのままなのだがそもそもの道幅が全然違ったのだ。

それに街の雰囲気も想像がつかない。

詳しく雰囲気を掴《つか》むためには一度歩いて見る必要があった。ただ警察を作らなければならないほどに街の治安は悪い。一人で見て回るのはあまり良くないだろう。そう考えると腕の立つ中将の存在はありがたい。

満面の笑みを向けると中将は苦笑いを浮かべる。

「流石《さすが》にそれは先輩《せんぱい》として断れんな。なら一緒に見て回るか」

「よろしくお願いします」

夕月と中将は早速街へと出てきた。

忙《せわ》しなく働く人たちを眺めながら広い通りを歩いていく。

「あまりそわそわするな」

初めて見る光景に観光客みたいに視線をキョロキョロとしてしまう。そのことを中将に嗜《たしな》められてしまった。

「す、すみません。初めてこうやって歩いてみて回ったものですから珍しくて……」

「権大納言家では大事に育てられたのだな。一度もこうして歩いたことがないなんて」

夕月の場合、事情が事情だったためあまり両親が出したがらなかった、というところもある。

ただ、実際に歩いてみると朱雀大路《すざくおおじ》の広さがまざまざとわかる。

「さすがに昼間から悪さを働いているやつはいませんかね」

「当然であろう？」

そうなると、見回りの本番は夜になりそうだ。

ただ、現代とは違いろくに照明がないのだ。夜目が利かないなら何も見えない。

いくら警察の代わりがいない治安最悪の京とはいえ、捕まってしまっては罰《ばつ》がある。

死罪は中止されているが、流刑《るけい》等の罰はある。

そうなると極力捕まらないように夜に活動するのはわかる気がする。

さすがに一日で全《すべ》てを見て回れないので、今日は七条《しちじょう》あたりにある商人街を重点的に見て回る。

商品を売るために声を上げる商人。

明るい声を上げる商人達に目を輝かせ、しまいには引き寄せられたりしながら夕月は歩いて行く。

何度言っても直らない夕月のその態度に中将は思わずため息を吐いていた。

するとその時道の端に座っている人達を見かける。

体はやせ細り頰《ほお》はこけ顔色が悪い。

明らかに栄養が足《た》りていないとわかる。

そんな彼らに近づこうとすると中将が夕月の手を摑《つか》んでくる。

「やめておけ。一度助けたところでほんの気休めにもならないぞ」

確かに中将の言うとおり座っている人は一人や二人ではない。

助けるなら彼ら全員を助けないといけない。

それもこの瞬間だけではなく後々の面倒まで全て見る必要がある。

そこまでお前にできるのかと言われたらまずできない。

どうせ助けることができないなら手を貸すのはむしろ酷《こく》というものであった。

しかし知ってしまっては手を出さずにはいられなかった。

「大丈夫ですか？」

「あ、あぁ……」

中将の手を振りほどき声をかけた男はかろうじて声をあげるので精一杯のようだった。隣の少年にいたっては声を出す元気すらないようで、黙ってこちらを見上げている。

せめて何か食べるものがあれば。

そう考えた夕月は周りを見渡してみる。

残念ながら今日は市のたつ日ではない。

もしかすると彼らのように腹を空《す》かせた人たちがやむにやまれず人を襲うようになって治安が悪くなっているのかもしれない。

それならば彼らのような貧しき人たちを減らすことで少しは治安が回復してくれる

のではないだろうか。

そんなことを相談するなら……やっぱり中将だった。

「中将、少しよろしいですか？」

「……食料ならないぞ」

腕を組み険しい顔をしていた中将はすぐに答えていた。

しかし夕月は首を横に振る。

「違います。彼らに何か仕事を与えてはどうかなと思いまして、中将の考えもお聞かせ願えませんか？」

「仕事？ 何か考えでもあるのか？」

「この街の中を見回る警察組織のことなんですけれども、彼らに任せるというのはどうでしょう？ 民のことはやっぱり民が一番よく分かると思うんです」

夕月の提案に中将は顎《あご》に手を当てて少し考える。

「なるほどな。それで報酬《ほうしゅう》として食料を与えるということだな」

「そういうことです。いかがでしょうか」

「ふむ。それならばありだろうな。まとめ上げる人間はいるだろうが、仕事は彼らに任せてもよさそうだ」

中将からも良い回答が返ってきて夕月はほっとする。そしてそれを聞いた後夕月は座っている男の方へ再び視線を戻す。

「話は聞いてましたか？　もし私たちに協力してくれるなら、食料をお渡しできると思いますが、どうでしょうか？」

すると男は目を大きく見開いて驚いていた。

「よろしいのですか？　そこまでしていただいて……」

「気にしないでください。私たちはただ仕事を頼んでいるだけなんですから」

ただ、今の状態では働こうにも働けないかもしれない。せめて今の空腹を満たしてくれるだけの食料を与えないと。

隣の中将を見上げる。中将は、栗鼠《りす》のように潤《うる》んだ瞳で見上げる夕月を見て、額に手を当て、またため息を一つ吐いた。

「はぁ……、わかった。仕事の報酬の半分を前払いしてやろう。そうすればとりあえず食いつなぐことはできるはずだ。また警察組織を作るとなるとある程度の人数が必要になる。それも集めてもらわねばならん」

「も、もちろんにございます。ありがとうございます」

男は本当に嬉しそうに笑みを浮かべる。

それと同時に夕月も中将に対して頭を下げていた。

「ありがとうございます。おかげで綺麗《きれい》に話が纏《まと》まりました」

清々《すがすが》しい笑顔を浮かべる夕月に、中将は複雑そうに眉根《まゆね》を寄せた。

「どうしました？」

「……お前、この男が前払いした分だけ持って逃げるとか考えないのか？」

「え？」

そんなこと、考えもしなかった、というように夕月は隣の男を振り返る。男は慌てて顔を横に何度も振った。

「しないって仰ってますよ？」

「そんな無邪気《むじゃき》な……」

中将は呆《あき》れかえるが、夕月は「大丈夫ですよー」と笑って取り合わない。この人たちだって、本当は仕事をしたいし、安定的に食べていきたいはずなのだ。かつてネグレクトされていた自分だからわかる。人は、期待をされればそれに応《こた》えたくなる。

とりあえず今すぐにできる治安改善策はこの程度だろう。犯罪が一切なくなることはないだろうし、後はその都度《つど》対処していくしかない。

「今日はここら辺を見て回って、次に市が立つ時にはそちらを見に行くとするか」

久しぶりに働いた気持ちになった夕月は宮中に戻ってくるやいなや、すぐに東宮に呼び出されていた。

「話は聞いたぞ。すぐに動いてくれたみたいだな」

「いいえ、まだまだ問題がありますので、これからその辺りの調整をしようと思っております」

「よいよい。十分すぎるほど動いてくれて助かった。これで少しでも治安が良くなると良いが」

「はっ、尽力《じんりょく》させていただきます」

「期待しておるぞ。それでだが今回の働きは帝も大変お喜びでな。侍従《じじゅう》の位を与えると仰っていた。次の秋からの任命となるからそれまで精一杯力を尽くしてくれ。それと同時に後任のものも準備しておく」

侍従とは帝の側に仕える仕事でかなり光栄なものであった。

ただ、よくわかっていなかった夕月は別の仕事が与えられたのだと思って頷いていた。せっかく道筋を立てたのに残念だが、こういうことは近衛中将のような本職の人がやった方がいいだろう。

「精一杯尽くさせていただきます」

「うむ、期待しておるぞ」

東宮と別れた後、待ってくれていた中将と宮中を歩いていると、男女問わず夕月のことを噂しているのが耳に入ってくる。

「夕月の若様、お美しい方ですね」

「それだけではなくとても頼もしい方なんですよ。お仕事は頼んだらすぐやってくださいますし、それに、今し方なんか東宮からの依頼をすぐさま解決されたみたいで。私、この前お声掛けいただいたんですよ」

「まぁ、なんて羨《うらや》ましい。私も声をかけていただけないかしら」

宮中の女性達にもてている様子を見て、隣の中将がからかってくる。

「よかったじゃないか、夕月の君。たいそうもてているようだな」

「やめてください。あれは単なるお世辞《せじ》に決まっているでしょう?」

そもそも宮中の女性達は顔を隠している。碌《ろく》に自分のことを見ていないのに好かれる理由もない。

夕月はそう結論付けていた。

「やれやれ、知らないのは本人だけなんだな」

中将は呆れた様子で首を振っていた。

「それより街の様子はどうなりましたかね？　あの人たちはうまく治安回復に役立ってくれているでしょうか？」

「いや、そんなその日すぐに結果が出るようなものではない。しかし、全く効果がないということもないだろう」

この様子だと、自分の職が変わる秋までに間に合うか際どい所だった。でも自分が侍従の仕事を始めたとしても残りの仕事は中将に任せればどうにかなるだろう。そう考えると安心することができる。

「それよりこの後蹴鞠《けまり》でもしないか？　毎日堅苦しい仕事ばかりじゃ息が詰まってしまうだろ？」

「いえ、私はもう少しだけ書類をまとめさせてもらいます」

「おいおい、全く真面目《まじめ》すぎる奴だな。ほどほどにしておかないと体を壊すぞ」

「大丈夫ですよ。さすがの私も暗闇《くらやみ》の中家に帰るなんてことはできませんから」

「そのぶん朝も日が昇ると同時に出仕でもするつもりだろう？　いったいどれだけ働くつもりだ」

体感としては今日働いた時間は八時間を少し超えて残業していることになる。

ただこれは前世ではよくあることだった。バイトでの日々を思い出す。せいぜい一時間から二時間の残業。

そんな心配されるほどのようなことでもない。

しかし、この時代の上流貴族の労働時間はせいぜい四時間。

夕月はその二倍以上働いているのだから心配されても仕方のないことだった。

「本当に、大丈夫なんです。好きなこと、やりたいことを自由にやれている今が、一番幸せだから」

なかなかピンと来ていない様子の中将に対して夕月は微笑みながら、再び仕事へ向き直るのだった。

第四話　天災

季節が巡り夏になっていた。

何もせずとも汗がしたたり落ちるような気温にほとほと参る。

もちろん冷房などという便利なものは一切ない。

扇子《せんす》で扇《あお》いでなんとか風を送り込んでいたが、生ぬるい風を感じるばかりでとてもじゃないがじっとしていられない。

夏は夜、と謳《うた》われているのがよくよくわかる。

この時代の人は昼はまともに過ごすことができない。まともに活動できるのは夜だけだということだ。

しかし暑いからといって仕事を休むわけにはいかない。

もうこの頃は父を無視して真面目《まじめ》に毎日出仕していたのだが、気温が上がるごとに人が減っていっているような気がする。

中将も二日に一回程度しか見なくなっていた。

「中将は今日も休みかな？　体調でも崩していたら心配だな。夏風邪《なつかぜ》とかでも引いたら治るまで時間がかかるし――」

「おや、俺の事を心配してくれるのかい？」

二日ぶりに中将が顔を見せる。突然のことで驚いたが、その飄々《ひょうひょう》とした態度を見ると大丈夫そうなので夕月はほっとしていた。

「ちゅ、中将⁉　も、申し訳ございません。さすがにこの暑さですから、体調でも崩したのかと心配していました」

「確かに外には出たくないな。こんな灼熱《しゃくねつ》の日はどうしても運が悪くなってな。陰陽《おんみょう》師《じ》に調べてもらったらやはり出仕してはいけないと言われるんだ」

なるほど。陰陽師を言い訳に休みを取っていたようだ。

「それよりもこの後だがちょっと氷室《ひむろ》へ行ってみないか？」

「氷室⁉」

夕月は思わず食いついていた。

今まで見たことはないが、その言葉は知っている。

冬場に手に入る氷を地面に掘った穴などにしまい保存する。そうすることで暑い夏場であっても氷が手に入るというものだった。

もちろん庶民《しょみん》の手に届くようなものではない。

この辺りは貴族ならではというものだろう。

驚いている夕月を見て中将は微笑《ほほえ》んでいた。

「せっかくだ。今流行の甘味でも食べてみるか」

灼熱の気温で意識が朦朧《もうろう》とし始めていた夕月は一旦《いったん》仕事の手を止め、中将とともに氷室へと向かって行くのだった。


「こ、これは……かき氷⁉」

氷室へ行った夕月に出されたのはかき氷だった。

その上から何やら液体がかけられている。

「どうやら夕月は削《けず》り氷《ひ》を気に入ってくれたようだな。いつもいつも仕事にばっかり熱を入れているから、他のことには全く興味がないのかと心配したぞ」

「そんなことありません。それよりもこのかき氷、私が食べていいんですか……？」

「もちろんそのつもりで持ってきたんだ。溶けてしまう前に食うか」

二人してかき氷を一心不乱に食べていく。

氷の上にかかっている液体は蜂蜜《はちみつ》のような甘いものだった。

その甘みのおかげでかき氷を食べる手が止まらない。

結局あっという間に全《すべ》て食べきってしまった。

冷たい氷を食べたおかげで体内の温度がぐっと下がった気がする。

「中将のおかげでこの後も仕事が捗《はかど》りそうです。ありがとうございます」

「まだ働くのか。こんな暑い日に真面目に働いてどうするんだ」

「むしろ暑い日だからです。もし何かトラブル——騒動を起こそうとしているものがいるなら、宮中の働きが鈍っている今を狙《ねら》うと思うんです。それならせめて私だけでも動けるようにしておかないと」

あまりにも真面目そうな夕月の姿を見て中将は思わずため息を吐いていた。

「そんなことを言っていざという時にへばって動けない方が問題になるぞ」

中将の言っていることも一理ある。

「そうですね。やり過ぎて疲れないよう、しっかりペース——進み具合を配分します」

「それがいい。そうだ、せっかくだから今晩でも一緒に蛍《ほたる》を見ないか？　なかなか幻想的な世界を見られるぞ。それこそ、気が休まる」

「蛍⁉　見たいです！　嬉《うれ》しい！」

夏の風物詩の一つとして挙《あ》げられる蛍。邪魔する明かりのないこの時代だったら特に明るく光って見えるのだろう。そう考えるととても楽しみだった。


その日の晩になると中将が夕月のことを誘いに来る。

「待たせたな」

「いいえ、まったく。それより、この辺りで蛍の見える場所ってどこなんですか？」

「どこって……そこら中で見られるぞ？　だからお前の家の庭に来たんじゃないか」

そう言って、中将は持ってきた酒瓶《さかがめ》を掲《かか》げる。

——そうか、成人したから私ももうお酒を飲んでいいんだ。いや、この時代お酒は年齢で禁止されてない？

思えば暗くなってから出歩くことはあまりなかった。それなりの広さの池があるのだから蛍くらい飛んでいてもおかしくはない。

二人で池に面した釣殿《つりどの》に座り、中将に酒を注《つ》ぐと語らいながら庭の方を見る。

たくさんの蛍が行き交《か》い明るく光り輝いていた。

その様子はなかなか趣《おもむき》があって良いものだ。転生してからこっち、生き抜くことに必死でこうやってのんびりと景色を見ることなんて今まではなかった。たまにはこうした時間をとるのもいいかもしれない。

「そういえば夕月には妹がいるんだよな？　噂《うわさ》ではたいそう美人だそうだな。ぜひ一度会ってみたいものだ」

酒が回ってきていたのか、中将は呟《つぶや》いていた。

「……目的はそれですか？　妹は大変な人見知りなので、とてもじゃないですが人様に会わせることなんてできません」

「ははは、それなら仕方ない。何、それが一番の狙いではない。今の狙いは右大臣の四の君だしな。脈がありそうなら教えてくれ。恋文を準備させてもらう」

どう見ても冗談《じょうだん》には思えない。中将は本気で朝露《あさつゆ》のことを誘おうとしているのだろうか。

さすがに朝露が男であるなんてことは言えない。なんとかごまかして諦《あきら》めてもらうしかなかった。

「それにしても蛍があるから明るく見えるけど、夜は暗いなぁ」

「陽《ひ》の光が消えるのだから当たり前だろ？」

中将が言う事はもっともだった。しかし現代に慣れてしまった夕月からすれば、一切明かりもない暗闇《くらやみ》は恐怖の対象でもあった。

ここまで暗いのだったら盗賊も人を襲いやすいだろう。治安が悪い原因の一つがこの暗闇にありそうだ。

「ほらっ、また仕事のことを考えている。今日くらいは息抜きをしないか」

「すみません。ついつい余計なことを考えてしまって」

「それにしてもこの時間になってもまだ暑いな。扇子で扇いでいるのだが全く涼しくならない」

「仕方ない、そういう季節と諦めるしかないですね。それでも夜になったらだいぶマシですけど」

なんだったら今すぐにでも池の中に飛び込みたい。しかし人が見ている手前そういうわけにもいかない。それに余計な遊びをしたら昔みたいに両親に怒られてしまう。

これでも随分《ずいぶん》と理性的な行動を取れるようになった。

そう思いながら、酒に酔ったのか体が火照《ほて》ってきたような気がして、重ね着をしていた着物を一枚脱《ぬ》ぎ、冠《かんむり》も取り、袖《そで》まくりをする。少しでも暑さを和《やわ》らげられたら、とした行動だったのだが、中将は呆然《ぼうぜん》と夕月のことを見ていた。

「？　どうかしましたか？」

「い、いきなりそんな恥ずかしい格好をしだしたから」

よく見ると中将は顔を朱に染め、夕月のことを見ないように顔を背《そむ》けていた。

「恥ずかしい？」

夕月は不思議そうに自分の服装を見てみた。

確かに普段からしたらだいぶ着崩《きくず》しているものの、別に下着姿というわけでもない。そもそも下着すらない時代なのだから、男同士でそんなこと気にもしないだろう。

そう思っていたのだが、中将はそっと夕月に近づいてきて、着崩した着物を元に戻した上で冠を被《かぶ》せてくる。

「そんな姿、人に見せるようなものではない」

中将は紳士的な対応をしてくる。ただ、それが不思議だった夕月は首を傾《かし》げるに留《とど》まった。

――あれ？　この時代って、男同士のそれって多いんだっけ？

少し悩みながら、時代が変わってもなかなか制約って多いよね、と夕月は口を尖《とが》らせていた。

「俺だからよかったが、人に見られたらどうするつもりだったんだ？」

「別に気にしませんよ」

「俺が気にする」

「ははは、珍《めずら》しいですね」

夕月は中将の言葉を笑い飛ばす。

しかし彼の表情は真剣そのものだった。

「ほらほら、そんなことよりもっとお酒を飲んで」

夕月は中将にお酒を勧めていく。

中将はため息を吐きながら、諦めたように出された膳《ぜん》に箸《はし》を延ばした。

「それにしてもここの料理はうまいな。何か特別なことでもしてるのか？」

「ちゃんと味付けをして料理してるだけです。何も特別なことはしていないですよ」

「そういえば最近宮中でもそういう料理が増えていると聞くな。うちの庖丁人《ほうちょうにん》にも頼んでみるか」

その噂《うわさ》のお蔭《かげ》で、東宮《とうぐう》に声を掛けられるにいたったのだ。いいのだか、悪いのだか。

満足げな表情を浮かべる中将は料理を食べ終えると鼻歌交じりに帰っていった。

その姿を見て、夕月はほっと息を吐く。

話の途中に上がっていた朝露の件。

年頃《としごろ》にもなったし、これからそういう話が増えたらどうしよう。

会ったこともない相手に好意を持つなんて変じゃないか？

とはいえ、この考えは異質らしいので夕月は口に出すことなく、そういうものだと飲み込んで、自分がしっかり守らなければ、と思うのだった。


中将を見送った後、夕月は朝露の元へと向かった。

「あ、あれっ、夕月？　どうしたの？」

朝露は一人で何かを書いているようだったが、夕月が来た瞬間に手元を隠していた。

「何か書いてたの？」

「な、何でもないよ」

おそらく、この時代は男が書くもの、と言われていた日記を書いているのだろう。

だが、顔を赤くして慌てているその様子はとてもかわいらしい少女にしか見えない。

自分らしい生活をしているからなおさら輝いて見えるのだろう。

「そ、それよりもどうしたの？」

「うん、実はさっき、中将が来てたんだけど、朝露に会わせてって言ってきたんだよ」

「えっ？」

それを聞いた瞬間に朝露の顔色が真っ青になる。

それもそのはずだろう。

まず、朝露は男なので夫婦となることはできない。

それだけではなく、二人の入れ替えを気づかれてしまう恐れすらある。

そのことを考えるとこの話は受けるはずもない。

「当然だけど断ったよ」

「よかった……」

朝露は安堵《あんど》の息を吐いていた。

もし入れ替わりが気付かれたら、自分たち二人は破綻《はたん》してしまう。せっかく自由に過ごせるのにもう終わってしまうなど考えたくもない。

改めて自分のすべき行動を見直す。

自由に、生きたいように、この時代の男性のように仕事に邁進《まいしん》するのは、問題ない。

でもそれをしているのが私――女性だとバレてはいけない。

同時に、朝露も生きたいように、この時代の女性のように文のやり取りや書き物をするのは、問題ない。

でもそれをしているのが朝露――男性だとバレてはいけない。

簡単なこと。隙《すき》を見せなければいいのだ。

――ちょっとお酒に酔って中将には見せそうになったけど、中将なら大丈夫だよね？

夕月は安堵の息を吐く朝露を見て、心の中で考えていた。


秋になるとずいぶんと涼しくなり、過ごしやすい時期になってくる。

この頃になると汗をかきながら出仕する必要がなくなるので、正直助かっていた。

秋の司召《つかさめし》で夕月は侍従《じじゅう》の位を授かり、帝の側仕《そばづか》えとして働くことになっていた。

この時季になってようやく枕草子《まくらのそうし》に共感できるようになる。次第に昼が短くなっていき、夕暮れを見られる時間が早くなっていく。

高い建物もなく、色鮮やかな朱に染まっていく空は見ていて飽《あ》きないものだ。

それを眺めつつ甘栗《あまぐり》を食べる。

これが最近の夕月のお気に入りだった。

何もなく一日が平穏に終わってくれるだろうと思っていたのだが、そのタイミングで問題が起きてしまう。

風が強くなってきて、天気が崩れる。

時季が秋ということを考えれば何ら不思議ではない。

天気予報というものがないので実際にはわからないが、この風の強くなりようを考える限り台風でも来ているのだろう。

早めの備えが必要になるが、この時代はどんな対策をしていたのだろうか。

「東宮様、そろそろ天候が荒れてきております。ですので早めの対策を――」

帝の側仕《そばづか》えとはいえ、主上《しゅじょう》にそのまま聞くのは憚《はばか》られる。ここは、警察の一件以降親しくさせてもらっている東宮に訊《き》いてみよう、とやってきていた。東宮は、当然、というように頷いてみせた。

「もちろんしっかりしておる。そのために宮中に陰陽師を招いている」

「陰陽……？」

思わず聞き返してしまう。陰陽師といえばこの時代の占《うらな》い師的な役割のはずだが、天象にも詳しいのでもしかすると台風が来るタイミングを聞くのかもしれない。そう思っていたのだが……。

「これはこれは東宮様。お呼びいただきありがとうございます」

東宮の姿を見ると頭を下げるその男性。その男は以前権大納言《ごんだいなごん》家にも来たことがある、切れ長の目が印象的な陰陽師であった。

「よい、よくぞ来てくれた陰陽頭《おんようのかみ》。今日はよろしく頼むぞ」

「お任せください。被害なきように神にお祈り申し上げます」

神？　祈る？

訳のわからない単語が出てきたので陰陽頭が祈っている最中に東宮に問いかける。

「あの、こうやって天気予報をしているのですか？」

「……何のことだ？」

どうやら今は天気予報をしているわけではないようだった。

それなら一体何をしているのだろう。

「こんなことをしている暇《ひま》があったら、被害が出ないように建物の建て付けをしっかりしたり、風で物が飛ばないように物をしまったりするべきではないでしょうか？」

夕月が聞いたのは一般的な台風の対策である。そもそもこの秋の時分、台風はよく起きる。

京までくるのが稀《まれ》なだけだった。

「天変地異は神のお怒りだからな。まずはその怒りを鎮《しず》めてもらわない限り治《おさ》まることはない」

ようやく今何をしているのか把握《はあく》する。ただ、この行いに何の意味もないことも同時に把握してしまう。

何をしているんだ、こんなことをしている暇があったらもっと他にやるべきことがあるのに……。

そう思った夕月はこの場から立ち去ろうとする。

それを東宮が止めてくる。

「待て、どこに行くつもりだ」

「これから台風が来るのですよ？　少しでも被害が出ないように対策をしないと」

「その〝台風〟というのは何だ？」

「渦巻《うずま》く風の塊《かたまり》みたいなものです。それが通過するとものすごい被害を及ぼすんです。神様が起こす天変地異とは違います。理由があって起こる、自然現象です」

「そなた、神を愚弄《ぐろう》するのか!?」

陰陽頭が夕月の話していた内容を聞きつけ、占いの途中ではあるもののそれを中断して夕月の元へとやってきた。

「だってそうじゃありませんか？　ここで祈って今まで被害を食い止められたことがあるのですか？」

それはこの時代の陰陽師に対する真っ向からの反論であった。そのかなり不敬な態度に東宮すらも眉《まゆ》をひそめていた。

「私を愚弄するとどうなるかわかっているのか？　即刻引き立てよ」

陰陽頭が夕月を捕まえさせようとする。しかしそれを東宮が止めていた。

「面白いではないか。そこまで断言するということはその台風とやらがどうやって起きるかも分かっているのだな」

「もちろんです」

夕月は不敵に笑いながら答える。

「台風とは海で温められた水蒸気が天に昇り、雲が異様に発達することによって起きる現象です」

「？？」

東宮の頭に疑問が浮かんでいた。

陰陽頭は忌々《いまいま》しそうに口を歪《ゆが》めている。

「簡単に言うとすごい風が吹く天候だと思ってください。神様が起こしているわけでもなくただのそういう天候です。雨とか晴れとかと同じです」

「信じても良いのだな？」

「もちろんです」

　東宮は目を閉じ少し考えていたようだったが、すぐに結論を出していた。

「わかった。それでいったい何をすればいい？」

「まずは風で飛ばされそうなものを重石《おもし》で飛ばされないようにしてください。重たいものでも面積が広ければ簡単に飛んで行きますので」

「わかった。すぐに命令を出そう」

「後は河川の改修……はする時間がないから、川の氾濫《はんらん》に備えて近くにいる人は高台へ避難するように指示を出してください」

　テキパキと夕月は指示を出していく。本来、これらは祈禱《きとう》の後、陰陽師が指示をすることである。陰陽師も天象の専門家なのだ。神の怒りを鎮めるだけではなく、実践的な対処法は心得ている。

　横目に見ていた陰陽頭は口を固く結んでいた。


　結局台風はすぐにやってきた。

　今回はそこまで大きいものではなかったようで被害もそれほど大きくなく済んだ。

　飛びそうなものがあまりなかったという点も大きいだろう。

　それが結果的に東宮や帝の信頼を勝ち取ることになっていた。

しかしそんなことになっているとは夕月は露知《つゆし》らずあまり被害がなくて良かったなと安堵していた。

「でも、川はなるべく早めに改修しておかないと駄目だね」

京を走る二本の大きな川。

そのどちらも川幅は狭く、夕月は知らなかったが過去何度も氾濫していた。

当然ながらその氾濫は川の神様のせいということになっており、川自体に手を加えようという考えはあまりないようだった。いや、知識と技術が足《た》りないのか。

他にも問題点を挙げたらキリがなさそうだった。

やることが多くここ数日は日をまたぐほど仕事をしている。現代ならばどれほどブラック企業に働いているのだといえるかもしれない。

しかし自分から進んで働いていることが嬉しくて、ついつい止《や》め時を見失い、頑張ってしまうのだった。

そしてすっかり帝のお気に入りとなっていた夕月は宮廷でもかなり人気だった。

ただでさえ夕月はその容姿から宮中の女たちには人気の的だった。

そして女たちだけではなく、男たちからも人気が出てきたのだ。

それを、面白く思わない人物もいた。

陰陽頭だ。

「こんなはずではなかった。今回はあえて神のお怒りは鎮めず甚大な被害を及ぼし、都の要《い》らぬ庶民共を流してしまうはずだったのに……。それだけではない。どうして権大納言の息子があそこまで高い地位にいるのだ？　本来なら人見知りでまともに話せないはず。あの時の出会いをきっかけに、元に戻っていると踏《ふ》んでいたのだが……」

ブツブツと独《ひと》り言《ごと》を呟きながら現況の把握に努めていた。

「仕方ない。もう少し探りを入れてみるか。帝のお気に入りなら、ちょうどいい人物がいる」

陰陽頭は怪しげな声を漏《も》らしていた。


天災の時季も過ぎ、次第に寒くなってくる。

庶民は相変わらず薄着だったが、寒いのに元気だな、と感心してしまう。

この時季になり新しい問題が生まれていた。

帝が体調を崩されて、それをきっかけに位を東宮に譲位されたのだ。そして、そのまま朱雀院《すざくいん》の御所《ごしょ》に移られ、現東宮が帝に。新東宮には新帝の子である女一の宮がなられたのだった。

これは夕月の立場にも影響しており、祖父である大殿は引退することになり、権大納言も昇進して左大臣、関白《かんぱく》となったのだ。友人である中将も宰相《さいしょう》の中将（参議《さんぎ》を兼ねる近衛《このえ》中将のこと）になった。

そして、夕月自身も三位《さんみ》の中将へと昇進することが決まったのだ。

夕月自身はあまり目立ちすぎるのは嬉しいことではないのだが、これも自分の力を認めてくれた結果だと素直に引き受けることにしていた。

しかしことはこれだけではすまなかった。

夕月の昇進の話を受け、右大臣から縁談話を申し込まれてしまったのだ。

そのことを父から聞いた夕月は思わず頭を抱える。

「お父様、どうしてそのお話をお受けになったのですか？　無理なことはわかっていますよね？」

「うむ、それは重々承知しているのだがな……」

「私は女なのですよ。妻をとったとしたらすぐに朝露と入れ替わっていることに気づかれてしまいます」

女同士では絶対子供はできない。そもそも夜の営《いとな》みができないのだから不審に思われるであろう。

それを考えると絶対縁談なんか引き受けるわけにはいかなかった。

「しかしな、お前に対する縁談話は引きも切らず、いつまでも断りきれたものではないのだ」

夕月たちが自由に行動せず素直に父親の言うことを聞いていたら、こういう問題は起きなかったかもしれない。

そう考えると少し申し訳なくも思える。

「分かりました。私が直々に断って参ります」

そもそもこの時代、貴族の結婚は親同士が決めるものであった。

家柄《いえがら》に釣《つ》り合うか本人の能力はちゃんとあるのか、そういった面を精査し、直接の返事をするわけではなく言葉を濁《にご》して返す。

「……すまん」

父親は申し訳なさそうに夕月に対して頭を下げる。

「いえ、私もこのままの生活を続けようとしたら独身でいるわけにはいかないですからね。お父様の考えもよくわかります」

いわゆる政略結婚というものだろう。

体裁だけ繕《つくろ》った表面上の結婚。貴族ならではだろう。

「私の件は分かりました。自分のことですから自分で何とかします。でも私の方にこういう話が来ているということは朝露のほうにも何かのお話があるのではないですか？」

夕月の鋭い質問に父親は大きくため息を吐く。

「わかってしまうか。もちろん朝露にもそういった話は来ている。しかし、それはどうにかなりそうだ」

この件に対しては父親は迷いなく答えてくる。どうやら何か良い解決策が思い浮かんだようだ。

「……尚侍《ないしのかみ》にあげるのですか？」

少し考えたら分かる結論ではあった。女性でありながら帝や東宮に仕える女官ならば、自ら稼《かせ》ぐこともできるので無理に婚約させる必要もないだろう。問題があるとすれば、宮中へ行った後に帝の目に留まってしまった場合だった。

こうなってしまったらいくら大臣である父親でも止めることはできなくなる。

それを考えれば胃が痛いであろう。

「そのことは朝露に？」

「これから話すところだ。だが朝露のことを考えると、これが一番いいと思うのだ」

その言葉にはどこか疲れが見えていた。

「好きにさせてもらってる私が言うことではないのですが、なるべく本人の意向に沿う形で決めてあげてくださいね」

本人の意向に沿わず無理やり親に押し付けられる人生は悲しすぎるから。

それは夕月が過去に経験してきたことでもある。

もちろんこの時代からしたらその考えは異端であることはよく分かっている。

もう五年近くこの世界で生活しているのだから。

それでも、女性として暮らしていけると知った時の嬉しそうな朝露の顔を思い出すといたたまれなくなる。できるだけ幸せに過ごしてほしい。

「もちろんだ」

「それなら良かったです」

後は朝露の問題だ。それなら自分は婚約の件をどうするか考えるべきだろう。

右大臣の四の君……。最近どこかで聞いたような気がするな。

記憶の糸を手繰《たぐ》り寄せていく。すると上司であり、最近は友人ともなった宰相の中将が話していたことを思い出す。

——今の狙《ねら》いだと言っていたな。

もしかしたらこれはそんな宰相の中将の思いを踏みにじる行為《こうい》かもしれない。

そう考えるとやはりすんなり引き受ける訳にはいかない。

しかし自分の親の立場を考えると何もしないというわけにもいかない。

仕方なく夕月は手紙をしたためるのだった。


身が凍《こご》えるほど寒い空の下、帝の后《きさき》たる梅壺《うめつぼ》の女御《にょうご》はしたためられた手紙を読んでいた。

「陰陽頭からの手紙。何事かと思いましたが、そうですか。あの左大臣の息子が……」

思えば怪しい点はいくつかあった。

男とは思えないほど綺麗《きれい》な肌に、整った顔立ち。

故《ゆえ》にすでに大量の縁談があるだろうに未《いま》だに婚約すらしていないこと。

月に数回その姿を隠すこと。

その一つ一つは取るに足らないほどの疑惑である。しかしこうも重なってくると何かあるのではと勘ぐりたくなってしまう。そのタイミングで届けられた陰陽頭からの手紙。内容はたいしたことではない。夕月が宮中に怪しげな風を持ち込んでいるというだけである。

こういう占いの結果はよくあるものである。それが出た相手は数日の間休んでもらいその後また仕事に復帰してもらうのが通例でもある。

ただ、それら全てをひっくるめて、もしかすると夕月は女子ではないかという疑問を持ってしまった。もし本当にそうならこれほど宮中を、いや、帝をバカにしたことはない。

そんなことはとても許せるものではなかった。

しかし、証拠もなにもないただの憶測《おくそく》である。

女の憶測など誰も信じてくれない。

「私が夕月の君の正体を探るしかないですね」

口元を扇子で隠し、不穏に呟くのだった。

第五話　恋慕

この時代の女性にとって、男性からの手紙はまず最初の一回は断るのが礼儀だと思われていた。

その通例に倣《なら》うかのように、四の君も婚姻を断るためにも一度会いたいという夕月《ゆうづき》の申し出を断ってきた。

一度は断るという京都の伝統もここから来ているのだろう。面倒この上ない。

それにやることはそれだけではない。宰相《さいしょう》の中将《ちゅうじょう》にも会いに行く必要がある。

そう思い宮中で宰相の中将のことを探す。

すると内裏《だいり》で女房《にょうぼう》に声をかけている宰相の中将のことを発見する。

「こんなところでまた口説《くど》いていたのですか」

あまり軟派な態度はモテないと思うのだが、それは考えの違いだろうか？

「親友だと思っていた男に裏切られたのだからな。女房の一人や二人、口説きたくな半《なか》ばやけになっているのだろう。その理由はなんとなく想像がついた。

「……四の君のことですか」

「そうだ。俺が恋心を抱いているのは知っているだろう？」

「あれは親が決めたことです。私としても、乗り気ではありません」

「それでも受けるのだろう？」

「そのことをご相談したかったのですが、今はそれどころじゃなさそうですので」

つれなく踵《きびす》を返す。すると、慌てて宰相の中将が夕月の肩を摑《つか》んできた。

「ちょっと待て。話はまだ終わってないぞ。どういうことだ、俺に相談って……」

「私は中将が本当に四の君のことを恋してるようなら、身をひきます」

「えっ？」

宰相の中将が驚きの表情を向けてくるが、そのまま話を続ける。

「そもそも家同士を結ぼうとする政略結婚。お受けしても良いですが、しないことに問題もありません。それに私にはまだ、恋とはどういうものかわかりませんから」

誰《だれ》かに愛されたことはない。むしろ裏切られることばかりだった前世。

それを体験しているからこそ言える。

すると宰相の中将は何やら考えた様子で顎《あご》に手を当てていた。

「わかった。他ならぬ友の言うことだ。信じることにしようか」

あっさりと宰相の中将は夕月のことを信じてくれる。

「そうか……。それほどの才《ざい》を持ちながら女子《おんなご》の気配がないのは不思議だと思っていたが、そういうことか……」

くくく、と宰相の中将は声を殺しながら笑っていた。

「いや、一時は己《おのれ》がおかしいのか、お前が実は女子なのかと疑ったこともあったが
――」

「え？」

「わかった。他ならぬ友のためだ。お礼に、恋とはなんたるかを教えるため、俺が一《ひと》肌脱《はだぬ》ごう」

すっかり機嫌《きげん》を直した宰相の中将が夕月を連れて内裏の廊下を歩いて行く。

「はっきり言うと、お前に欠けている物が一つある。それがわかるか？」

宰相の中将からの質問に夕月は首を傾げる。

「一体それは何なのですか？」

「そもそもお前は有能だ。しかも若くて見目麗《みめうるわ》しい。地位もある上に家柄《いえがら》もいい。こ

れ以上非の打ち所のない人間だ」

　突然宰相の中将から褒《ほ》められたので、むず痒《がゆ》くなる。

　宰相の中将の言葉はそれだけでは終わらなかった。

「しかし男として考えると致命的な部分がある」

「男として……？」

　そもそも夕月は男ではないのでその部分は仕方のないことである。

「男ならもっとがつっと行くべきだ。お前もそうは思わないか？」

「私としてはもっとよりお互いを知ってから……」

「甘い‼」

　夕月の考えは、宰相の中将に一蹴《いっしゅう》された。

「そもそも相手は御簾《みす》の向こうにいるんだぞ？　どうやって相手のことをよく知るんだ？」

「えっと、それは手紙を書いて相手を誘って……」

「そんなもたもたしていると別の相手に取られてしまうぞ！　今日の俺みたいにな」

「そ、それは本当にごめんなさい」

「いや、もう気にしていない。ただ、お前のことが心配になっただけだ。だからこそ、こういう時の対処法を教えておくぞ」

そう言うと宰相の中将は夕月の耳元へ口を近づけ、言ってくる。

「困った時は先に御簾の中へ入って襲えば良いんだ」

それは現代で言うところの強姦《ごうかん》では？

あまりにも当たり前のように言ってくるのが不思議でならない。

「そ、そんな相手のことを考えてないことなんてできません！　中将はそれで成功したことがあるのですか？」

「俺はついこの間も……」

宰相の中将は意味深に間を空ける。それを聞いていた夕月は思わず息を呑《の》んでいた。

「まさか最近にもそんなことを⁉」

夕月は驚いて宰相の中将の顔を見る。本命がいるのに？

しかも現代ならば寝込みをいきなり襲うのは犯罪である。

しかし、宰相の中将は平然と答えてくる。

「何を驚いている？　男ならば当然であろう？」

「そ、そんなこと……⁉　いきなりはふしだらすぎます……‼」

顔を赤く染めながら夕月は注意をする。恋の作法は時代によるとはいえ、これははしたない。

その慌てた様子を見て、宰相の中将はピンと来ていた。

「なるほど、さてはお前経験したことがないんだな」

「ちょっと待ってください。一体何の話をしているんです⁉」

夕月は慌てた様子で返事をする。

「たいしたことではない。ただお前は女性経験が少ないんだなと思ってな」

「相手の気持ちもわからず、自分の気持ちだけで襲うなんて、傲慢《ごうまん》です」

「そんなことはない。女の方も待っているんだ。でも恥ずかしくて自分からは声をかけられないいだけだ。だから、俺たちが行くんじゃないか」

宰相の中将の言うことも一理あった。確かに夕月も自分から男性に対して声をかけたことはない。

むしろ相手から誘われたことだけだった。そして勝手に幻滅されて別れを告《つ》げられた。

もしあの時自分から、誰かを好きになって、その男性に声をかけていたらどうなっただろうか？　そんな気持ちが胸をよぎっていた。

全《すべ》て仮定の話なので結果はどうなるかわからないが、それでも前よりももっといい方向へ向いていただろう。

しかしただ声をかけるのと、女性を襲うのは全く意味が異なる。

親友である中将にそんな非道な行いをさせるわけにはいかない。

意を決すると夕月は宰相の中将の方に鋭い視線を向ける。

「どうしたんだ、何か言いたいことでもあるのか？」

「金輪際《こんりんざい》、そんな相手を悲しませるようなことはもうやめてくれませんか」

夕月の真摯《しんし》な眼差《まなざ》しは、時代を超えて中将に何かを訴えかけたようだ。

ふてくされるように頭を掻《か》いた後、大きく息を吐いて了解した。

「わかったよ、わかった。友の言うことなら聞こう。それに、大事な四の君をお譲りくださるというのだ。彼女がいれば、もうそんなおいたをしなくてもいいしな」

にやりと笑いながら、夕月に顔を寄せる。

「それで、お前は四の君のことをどうするんだ？」

「直接家に行って話をしようと思っていましたけど？」

それが普通な断り方かと思ったが、それを聞いた瞬間に宰相の中将はため息を吐いていた。

「全く、そんなことをしたら門前払いが関の山だぞ？　仕方がない、俺が本当の断り方というものを教えてやる」

　そういうと宰相の中将は紙と筆を取り出した。

「まずは常識だが手紙で相手への気持ちを和歌にしてしたためる。ここまではいいか？」

　それはなんとなく聞いたことがあったため夕月はこくりと頷いた。

「それなら次だ。まず一度目の会おうという誘いは間違いなく断られる。しかしそれは当然なんだ。そこで諦《あきら》めないことだ」

　そこでハッと気付いたことがあった。

「もしかして私が断ったのも今みたいな社交辞令的なものに思われているのでしょうか？」

「その社交辞令というものは分からないが、おそらく相手は何とも思わずにそのまま結婚してもらえるものだと思っているだろうな。何せ親同士が決めた婚約なのだから」

　思わず夕月は頭を手で押さえたくなる。

　まさかこんな決まりがあるなんて思ってもみなかった。一体どうすれば断ることができるのだろうか？

いや直接話せばわかってもらえるだろう。それしか方法がないのも事実。

ただ問題もある。

今回も断ってしまったら夕月は婚約相手がいないことになる。

この時代、年頃の男で相手がいないなんて考えられるだろうか?

まだそこまで考えている人はいないだろうが、もしかすると今回の破棄《はき》をきっかけにそこから夕月自身のことを女だと気づくものが現れるかもしれない。

そのことの対策はいつか考えないといけないだろう。

しかしそれは今すぐやらなくてもいいだろう。

今はとりあえず四の君の対策を考えることが先決だった。

「それで一度断られた後はどうすればいいんですか? 破棄したい場合はそのまま放《ほう》っておいてもいいものでしょうか?」

「そんな不誠実なことをしたら瞬《また》く間に女子達の中で話が伝わるぞ? そんなことになったら大変だ。陰でコソコソと噂《うわさ》話をされて、宮中に居場所がなくなってしまう」

やけにリアリティのある話をしてくる宰相の中将。もしかすると彼もそういったことを経験してきたのかもしれない。

「中将は一体どんな噂を流されたんですか」

「俺は大したことじゃない。ただな、ちょっと夫を持つ女子の元へ――」

「おもいっきり不倫じゃないですか！」

次第に雲行きが怪しくなっていき思わず声を荒らげて言ってしまう。

「よくあることだ」

ここまで感覚の違いがあるとは思わなかった。

現代でも不倫は文化という人はいたがまさかこんな昔からそういった文化があるとは思わなかった。ある意味、その人が言ってたことは正しかったのだろう。

そんなことをする人物にますます朝露《あさつゆ》は会わせられないな。


それから色々と宰相の中将に教えてもらったあと、ついに右大臣の家へ行く日がやってくる。

ある程度覚悟は決めていたつもりだけど、それでもやはり緊張はしてしまう。

大きく息を吸い込んだ後覚悟を決めて屋敷の中へと入っていく。

「夕月の中将、待っておったぞ」

「右大臣《うだいじん》殿、成人の儀以来ですね」

「あの時はあれだけ若かった宰相の中将もこれだけ出世して、冠《かんむり》を被《かぶ》せた身としても鼻高々じゃ」

右大臣は笑顔をこぼしてくる。

「さて早速だがそなたを四の君のところへ連れて行くぞ」

「ちょ、ちょっと待ってください伯父上《おじうえ》。いきなり顔を合わせるのはまずいのではないですか」

この時代の結婚の方式は、男が三夜続けて通った後、初めてその女と顔を合わせることができ、そこから通じ合って、両家の話となる、というものだった。

それをすっ飛ばす方法が、宰相の中将が行っていた寝込みを襲うというものである。ただもちろん夕月はそんなことをするつもりはない。だからこそ四の君とはそもそも顔を合わせるつもりはなかった。

しかし右大臣はさらに笑い声を上げながら言ってくる。

「お前達が夫婦になることは決まっているのだ。遠慮《えんりよ》なんてするものじゃない」

「私が今日ここに来させていただいたのは、この婚約自体をなかったことにしてもらえないかと思ってなんです」

夕月の言葉を聞き右大臣はその表情が固まる。

「どういうことじゃ？　そなたの父からは結婚を心待ちにしているという返事をいた

だいていたが？」

「あれは、父の気持ちで、一般論です。私の気持ちは、違います」

「……まあそう言わず、一目娘を見れば夕月の君も考えを改めるじゃろう。せめて一目だけでも会ってくれんか」

右大臣に頭を下げられ頼み込まれる。

そこまでされてしまうとなんだか申し訳なく思ってくる。歳《とし》も官位も上である右大臣がそこまでするのは、娘を思ってのことなのか、それとも体面なのか。どちらにしろ、会ったからといって気持ちが変わるわけでもないが、そこまで言うならただ会うだけ会ってもいいだろうか？

夕月は少し考えた後一度ため息を吐き右大臣の方に向き直る。

「分かりました。会うだけになりますがそれでよろしければ」

「では、こちらへ。四の君の寝所《しんじょ》へ案内させよう」

夕月は言われるがまま部屋の奥へと入っていく。すると御簾《みす》の向こう側からひそひそと話し声が聞こえてくる。お付きの女房たちが控《ひか》えているのだろうか。

ただ特に聞かれても困るようなことはないので、そのまままっすぐ奥へと進んでいく。

そして寝所にたどり着いたのだが、四の君はその姿を現さなかった。

そのことで夕月はある程度察してしまった。

やはり四の君は中将のことが好きなんだろうと。

そしてそれを決定づける証拠がお付きのものより手渡される。

「こちら、四の君より手紙です」

「頂戴《ちょうだい》いたします」

早速その手紙の中身を見ていく。そこには夕月とは結婚する気がないことが書かれていた。

ただそれはある意味予想通りでもある。好き合っていない者同士なのだから。

むしろその気持ちがわかっただけでも夕月としてはありがたかった。

さらに断る理由ができたのだから。

「分かりました。では今日はお暇《いとま》させていただきます」

その手紙を見た後の夕月の行動は早かった。ここにいる理由もないのだからとそそくさと部屋を後にする。

そして帰り際に右大臣と顔を合わせる。

「……わざわざ、すまんかったの」

やはり、体面だったか。右大臣は、四の君が宰相の中将を好きなことを知りながら、身分のこともあり、一度は己のような左大臣の息子を振った、という体面が欲しかったのだろう。

「四の君は私以外の方が好きなようです。人の恋路を邪魔《じやま》するものではありませんので、今日のところはお暇させていただこうと思います」

それだけ言うと、館を後にし家へと帰った。

好きなように生きられるはずの転生先でも、どうしてか恋だけは上手《うま》くいかないらしい。

夕月は思わず月を見上げ、大きな息を吐くのだった。


夕月が縁談を断った話は瞬く間に広まっていった。それは宮中にいる梅壺《うめつぼ》の女御《にようご》にまで伝わるほどに。

「そうですか。三位の中将は縁談を破棄したのですね」

予想していた結果なのか、梅壺の女御は淡々と呟《つぶや》いていた。

「やはり、三位の中将は女子なのでしょうか。いえ、決めつけるのはちと早計。確証が持てない限り、主上《しゆじよう》にも報告はできない」

今回のことで得られたのはあくまでも推察でしかない。もっと確たる証拠を……。

梅壺の女御は書をしたためる手を止め、考えに耽《ふけ》っていた。

自分から下手《へた》に動くと勘づかれるかもしれない。しかし、行動を起こすなら今をおいて他はない。

「より監視を強めておきましょうか」

梅壺の女御は新しい紙を用意する。

一つはお付きへの指示。

『三位の中将をよく見ておくように』

具体的には書けないが、それでおおよそのことは伝わる。

今話題の人物なら勘ぐられることもないし、元々噂になっているのだから同じように興味を持つ人間は多数いる。その一人だと思われる程度だろう。

特に婚約を破棄したのなら尚更《なおさら》である。

縁談の相手として見繕《みつくろ》っている、とでも言えばどうにでもなってくれるであろう。

もう一つは陰陽頭《おんようのかみ》への手紙である。

彼は占《うらな》いで以下のように告げている。

『本来あるべき姿にないものをそのままにしては不幸が訪れる』

初めは誰のことかと思ったのだが、調べていく内にこれは三位の中将のことだとわかった。

彼、いや、彼女をこのままにしていては天より災《わざわ》いが訪れ、都に危機が訪れるやもしれない。そもそも、帝に男の子が生まれないのもその災いの一つかもしれない。

主上の身に何か起きてからだと遅いのだ。

なんとか三位の中将を排除するよりほかない。そのための力添えを陰陽頭へ願っていた。天と地の理《ことわり》を知り、神のお言葉すら聞けるという陰陽師。その頂点の人物ならこれ以上ないくらいに力になってくれるであろう。

第六話　疫病《えきびょう》

あまり外に出歩きたくない冬の日。

碌《ろく》な暖房もなく、身が凍《こお》るような思いをしている。

もちろん毎朝お付きの者が炭を持ってきて火鉢《ひばち》に火をおこしてくれているのだが、開放された部屋は当然ながら暖まることはない。

常に火に当たっていないと寒さを和《やわ》らげることができないのだ。

「……寒い」

着替えることすら億劫《おっくう》になってしまい、日が昇りきったあとも寝間着姿のままだった
寝るときの夕月《ゆうづき》用のふすまは次第《しだい》に数が増えていき、ついには三枚を超えてしまった。

それを体に巻き付け、なんとか夜の寒さをしのいでいたが、これだけ重ねていても

なお寒い。

今日は雪が積もっていないだけマシだが、吐いた息は白く、それを見ただけで外へ出る気持ちが失《う》せてしまう。

夕月の部屋にも火がおこされると、たくさんのふすまを巻き付けたまま火に当たりに行く。その姿は芋虫《いもむし》のようであった。

「あったかい……」

身震いしながら火に当たっているとお付きの秋《あき》が起こしに来る。

「若様、そろそろ出仕のご準備を……。はぁ、またですか」

この時期恒例《こうれい》の芋虫になっている夕月の姿を見てお付きの者がため息を吐《つ》く。

「仕方ないでしょ。寒いものは寒いんだから」

「じっとしている方が寒いですよ。ほらっ、着物を着替えてください」

ふすまを奪われてしまう。その瞬間に体を襲う冷たい風。

慌てて取り返そうとするが、秋は手慣れた様子でさっさと片付けてしまった
「意地悪」

「はいはい、分かりました。なかなか着替えてくれない若様が悪いのですよ。とりあえず着物を脱《ぬ》いで下さい」

言われるがまま着物を脱がされていく。その瞬間に体を襲う冷たい風に、恨《うら》めしい目つきを秋へと送る。

しかし、それも毎日のことなので涼《すず》しげな表情のまま淡々と着替えさせられた。

「せめて部屋に扉でも付けられないの？　いくらなんでも寒すぎるよ」

「冬は寒いものですから仕方ないですよ。慣れてください」

「慣れないよ⁉」

子供っぽい態度を取っていた夕月だが、着物を着替えると真面目《まじめ》な顔付きを見せていた。

公私を混同しない。仕事用の制服（と夕月は思っている、貴族の衣装）を着たあとは完全に意識を仕事へと持っていく。

三位《さんみ》の中将《ちゅうじょう》ほどの位を得てしまっては内外共に弱みを見せられない。

特に男性社会であるこの時代において、女性であることがバレてしまってはそれだけで致命的になってしまう。

どうしてここまでしなくてはいけないのかと思うこともあるが、自分がやりたいように行った結果なのだから最後まで責任を持つ必要はある。

特に自分のことがバレたら、芋づる式に朝露《あさつゆ》のこともバレてしまう。なんてことは是《ぜ》が非でも避《さ》ける必要があった。

だからこそ、着替えた瞬間から仕事モード。

弱みなど見せないし、気を抜くこともない。

その真面目一辺倒の夕月のことを宮中では褒《ほ》める人が多い。

本当に何でもないような、ただ仕事をしているだけのことで褒められるので逆に恐縮してしまうほどだった。

言われた仕事をただ黙々とこなしているだけなのに。

しかし、夕月が活躍すればするほど、それを面白く思わない人物も出てくる。

まだまだ若いのに異例の出世をしている夕月なのだから、そういうやっかみも仕方のないことだった。

しかも直接は言わずに遠回しに伝えてくるところがなんとも嫌らしい。

「三位の中将殿、そなたの力をお借りしたいのじゃが」

「なんでしょうか？」

「庶民の住む街で臭気問題が持ち上がっておるのじゃ。しかしながら、我々は別の仕事に手を取られて身動きができない。そこでお主にその仕事を任せたいのじゃが、いかがだろうか？」

そのことを聞いた瞬間に眉《まゆ》をぴくりと動かした。

ほとんど仕事をせずに蹴鞠《けまり》や和歌に勤《いそ》しんで、一日のうち一時間ほど会議をするだけ。

昼過ぎに出仕してきたかと思えば、日が暮れる前に帰っていく。

これで時間が取れないなら夕月はなおのこと仕事をする時間がない。

しかし、ここで断ってはよからぬ噂《うわさ》が流れるかも知れないので、すぐに笑顔を向けながら答える。

「謹《つつし》んでお受けします」

さすがに断られると思っていたのだろう。

頼んできた貴族は目を見開いていた。

「よいのか？　下々の者の頼みくらい断ってもよいのじゃぞ？」

「いえ、民あってこそ主上《しゅじょう》の威光が知れ渡るのですよ。我々も民がいないと生活していけないのですからそれをないがしろにしてはいけないです」

「なら任せたぞ」

男は嫌がらせができたと嬉《うれ》しそうに跳ねるように去っていく。

その後《うし》ろ姿を呆《あき》れてみていると、通りかかった宰相《さいしょう》の中将に声をかけられる。

「また厄介《やっかい》な仕事を押しつけられたんだな。この時季だからいいものの、夏場だと目も開けていられないほどの臭気だぞ？」

「だからこそですよ」

街の衛生問題は放置すれば病へと発展する。

そのことに気づいている者はいないのか、この問題は軽視されていた。

そもそも貴族たちは自分のことしか考えておらず、平民のことなんて知らぬ存ぜぬ、で通してくる。まるで、かつて現代の日本での夕月の父母のようだった。自分なんていないかのように振る舞う。だから、自分のことは自分でするしかない。衛生面に関しては、特に強く体感していた。

「しかし、どうやって解決するのだ？」

夕月の問題を我が事のように考えてくれる宰相の中将には感謝している。

ただ、やれることは一つだけである。とてつもなく労力がかかるだけで。

「よかったら中将も手伝ってくれませんか？　その方が早く終わりますから」

「もちろん、俺にできることであれば手伝おう。しかし、どうやって解決するのだ？」

「簡単ですよ。ちょっと付いてきてください」

夕月は宰相の中将を連れて、祭事の道具が仕舞われている倉庫へと向かう。

「確かに厄《やく》を祓《はら》うには祈るより他ないな。俺も多少の心得はある。十分協力できると思うぞ」

「えっと、少し違うんです。あったあった、あまり見かけないなと思ったので、最悪自分で作らないといけないかなって思ったけど、あって良かった……」

夕月が取り出したのは箒《ほうき》であった。

現代ではなんてことのない箒だが、この時代では神聖な道具としての扱いを受けており、主に祭具として使われていた。当然ながら掃除に使おうなんて思われないだろう。

「ただ、これをそのまま使ってはまた文句を言われそう。同じものを作ってもらうように頼もうかな」

夕月が箒を眺めながらいうと、宰相の中将が胸を叩《たた》きながら言ってくる。

「何に使うのかはわからないが、それなら俺に任せておけ。一本で良いか？」

夕月が一人で掃除をするのなら一本でいいだろう。でも、さすがに一人で通りを掃除していくのは少々骨が折れる。そんなときに宰相の中将の顔を見る。

彼なら手伝うと言ってくれるだろう。

「いえ、これからを考えますと百本くらいいるかもしれません。でも、まずは二本。

私と中将の分をお願いします」

「百本⁉」

驚きの表情を浮かべた宰相の中将だったが、すぐに笑顔を見せてくる。

「いや、冗談《じょうだん》だったか。人聞きが悪いな」

「別に冗談ってわけじゃないですけど……」

「二本ならすぐに準備できるはずだ。ちょっと待っててくれ」

宰相の中将は大慌てで走って行ってしまった。

一人後に残される夕月。

「私は私でできることをしよう……」

箒だけでは解決できない、もっと根本的な問題が残されている。

どうして街に衛生問題が起きるのか……。

それを解決するためにどうしても必要なものがある。しかし、それをするには独断でというわけにもいかない。

夕月が悩んでいると後ろから笑い声が聞こえてくる。

「ははは、こんなところで何をしているのだ、三位の中将。何か良からぬことでも企《たくら》んでいるのか？」

「と、東宮様⁉　……じゃない。しゅ、主上……、どうして？」

突然現れた主上に驚き、目を回して慌てふためく。高貴過ぎて光り輝く人、帝。己《おのれ》に、やりたいことを好きなようにやらせてくれるお人。憧《あこが》れに膝《ひざ》を突かざるを得ない。

するど、その様子が楽しかったのか、主上は更に大きな笑い声を上げる。

「どうしても何も宮中は私の家ぞ？　どこにいてもおかしくないであろう」

「そ、それはそうですね。申し訳ございません……」

夕月は頭を下げる。

「それよりも、何を考えていたのだ」

「別に何か企んでいたわけではありませんよ。ただ面倒な仕事を任されまして」

「面倒か……。一体どのような仕事を任されたのだ？　お前が面倒などというのは珍《めずら》しいからな」

「街の臭気を取り除くことですね」

夕月の回答に主上は目を細め、低い声で尋《たず》ねてくる。

「そのようなことが可能なのか？」

「もちろんです。原因さえ取り除けばそれは簡単に出来るのですが、問題は少々大掛かりな工事になりそうでして」

そんなことを夕月の二つ返事で許可していいわけがない。

そう考えると思わず頭が痛くなってくる。

そのことを聞いていた主上は顎《あご》に手を当てながら考え込み、その上で聞いてくる。

「その工事とやらをすれば臭気がなくなるのか？」

「それだけで完全になくなるということはありませんが、原因の一つを取り除けるかと思います」

「わかった、私が許可しよう。三位の中将の思うようにやってみろ」

詳細を聞かずにあっさり主上が許可を出してしまう。その事に夕月は驚き思わず主上の目を見てしまう。

すると主上はニッコリ微笑《ほほえ》み返してくる。眩《まぶ》しい。

「い、いいのですか？　まだ何をするかもどのくらいの工事になるかも一切言っていませんが」

「良い。私の信頼する三位の中将がその工事を必要といったのだ。主《あるじ》たる私がその言葉を信じずしてどうするのだ」

あっさりと言い返してくる。その言葉の端々から夕月への信頼が伝わってくる。

そのことが嬉しく思えると同時に心臓の鼓動が速くなるのを感じる。

やや顔も赤く染まっていた。

サッと顔を背《そむ》けると、主上はそのことを心配してくる。

「大丈夫か、三位の中将。体調が悪いなら体の厄を祓う陰陽師《おんみようじ》を呼ぶが？」

「い、いいえ、そういうのではありません。大丈夫、大丈夫ですから……」

慌てふためく夕月はその場から逃げるように立ち去っていく。

その様子を見ていた主上はうっすらと目を細めるのだった。


主上から許可をもらった夕月は早速工事の準備を始めていた。

河川から水を引きそれを街の方へと持ってくる。

その水路の上に板を置く。その場所には小屋を作り雨が降っても大丈夫なようにする。

俗に言う共同の水洗便所である。

元々奈良時代から水洗便所自体はあったのだが、なぜか平安の京の街には水洗便所は存在していなかった。

その結果道で用を足《た》す人が増え、街を臭気が覆《おお》うようになってしまっていたのだ。

さすがに家一軒一軒に水を引いてトイレを作るわけにはいかないが、共同便所をいくつか作るだけでもそれは解決されるだろう。

その工事を進めつつ、現在道を汚しているゴミ等を片付ける。

それを箒を使い掃《は》いていくのだが、これがなかなかの重労働だった。

「はぁ……はぁ……。お、おい、夕月。一体いつまで掃除をするんだ？　この辺で十分じゃないか？　いや、まさか神具をこのように使うとは……。その辺り、罰当《ばちあ》たりということもありえるんじゃないか？」

「全然十分じゃないですよ。道にゴミが落ちてないくらいまで綺麗《きれい》にしないと」

罰当たりなどという迷信部分は無視をして、夕月は無慈悲《むじひ》に応《こた》える。

「一生かかっても無理じゃないのか？」

宰相の中将が絶望した表情を見せながら通りを眺めていた。

準備した箒は二人分。一度に掃除ができるのは二人だけである。

つまり夕月と宰相の中将の二人ということ。

それに対して道はかなり広く、端から端まででも長い距離がある。

やる気が出ないのも無理はない。

「これは主上からも頼まれた仕事ですよ。手を抜くわけには行きませんから」

宰相の中将の気合が入るように励《はげ》ます。すると宰相の中将はため息交じりに言ってくる。

「お前、主上の話になると力が入るな」

それを聞いた瞬間に夕月は慌てながら答える。

「なな。そ、それは当然じゃないですか。主上は我々がお仕えする方なのですよ？」

「それはそうだが、お前のは何て言うか、もっと別の見方をしているようにも見えるんだよな」

「それよりもさっさと掃除をしましょう。このままだと日が暮れてしまいます」

「そもそも一日で終わるわけがないだろ……」

ブツブツと言いながら二人して道を掃除していく。

道行く人たちも初めは夕月たちのことを一切気にもしていなかったのだが、一日中掃除をする姿を見て興味が湧《わ》いたのか、声をかけてくる人も現れ始めた。

「貴族様方は一体何をされているのですか？」

「見ての通り掃除をしていますよ？」

「掃除……ですか？　汚くないですか？」

道自体がかなり汚れているために声をかけてくる理由もよくわかる。

まさか貴族がこんなことをするとは思っていなかったのだろう。

しかし、大通りはこのまま放置したら夏には疫病《えきびょう》が蔓延《まんえん》する。

それほどの臭気が漂《ただよ》っているのだ。

今でも気温が上がると目も開けられないほど臭《にお》いがひどくなる。

それを考えるとすぐに対応をするしかなかった。

「ここをきれいにしないと次の夏には疫病が流行《はや》ってしまいますからね」

「それは占《うらな》いですか？」

声をかけてきた人は不安そうな目で夕月を見てくる。

――少し違うんだけど、未来の知識もそういうことにしておいた方が良さそうだね。

そう考えた夕月は頷《うなず》き返していた。

「そのようなものです」

すると、今度は宰相の中将が驚きの声を上げていた。

「お前、まさか陰陽師の術が使えるのか？」

「え！　えっと、そんなところですかね」

この時代の陰陽師の信憑性《しんぴょう》はかなり高い。やることなすこと全て占いに頼るほどである。

だからこそ、夕月の突拍子《とっぴょうし》のない提案も占いの結果と言えば信じてもらえる。だから、そうしてしまうことも多かったのだが、宰相の中将に対しては信頼もあったので、ちゃんと説明をしていた。

だから元々、宮中で一番馴染《なじ》みが深い宰相の中将だったが、今までそんなところは一度も見せていない。

疑問に思われても仕方なかった。

「ちょっと待て。お前、どうやってそんな知識を得たんだ？　陰陽寮《おんみょうりょう》にいたわけじゃないよな？」

「大した事じゃないですよ。中将もやろうと思えばできるんじゃないですか？」

「いやいや、そんなことできるはずないだろ！」

詰め寄ってくる宰相の中将だったが、夕月の何もわかっていない表情を見て、すぐにため息を吐いて背を向けた。

「お前はいつもそんな感じのやつだったな。今更《いまさら》気にしても仕方ないか。それよりもさっさと終わらせるぞ。このままいると鼻が曲がりそうだ」

宰相の中将はそう言うと改めて掃除に尽力《じんりょく》していった。

さすがに一日で掃除は終わらなかった。

もちろんそれはわかっていたことだ。

しかし、普段からここまで体を動かして仕事をすることがないので、なかなかよい気持ちだった。

それは宰相の中将も同じだったようだ。

「なかなか達成感があるな。たまにならこういう日もいいかもしれないな」

「そうでしょう？　なら明日もよろしくお願いしますね！」

「聞いていたのか？　私の言葉を」

「もちろん聞いてましたよ？」

「なんでそこで疑問形なんだ」

宰相の中将は呆《あき》れながら大きくため息を吐く。

しかし、まだまだ掃除をしないと問題になる。本当に夏までに終わるのか不安になってくるがやるしかない。

さすがに今日は動き回ったので、汗もかいている。

たまに袖《そで》で額の汗を拭《ぬぐ》っていたが、その臭《にお》いも気になってくる。

お風呂《ふろ》に入れたら良いのだけど、お湯を張って風呂に入れるのは月に数回程度。詳しい理由はわからないけれど、おそらくはお金の問題だろうな、と思っていた。

しかしそれが勘違いだということに気づかされた。

「よろしければ、この後湯煎《ゆせん》にでも行きませんか？」

――湯煎？　というと銭湯《せんとう》のことだよね？　そんなところがあるんだ⁉

夕月は目を輝かせて話しかけてきた人の方を見る。

ただ夕月とは違い、宰相の中将はあまり乗り気ではなさそうだった。

「夕月、あまり言いたくはないがここは民の街だ。貴族の私たちが行くべきではないだろう」

どうやら宰相の中将は行くべきではないと思っているようだ。

でも、家に帰ってもどうせお風呂には入れない。それならここは入っていくべきではないだろうか。

夕月の考えは既《すで》に固まっていた。

「中将、先程占いの結果が出たのですが、ここはお風呂に入っていくべきだと出てます。これはどうやってもいくべきではないでしょうか」

必死に説得をする夕月に、宰相の中将は苦笑を浮かべる。

「お前、わかって言ってるな。そんなに簡単に占えるわけがないだろう？　でもそこまで言うなら仕方ない。今日は夕月に付き合ってやろう」

「やったー！　ありがとうございます、中将」

夕月は嬉《うれ》しさのあまりその場で軽く飛び跳《は》ねた。

その様子が思いの外可愛《ほかかわい》くて、宰相の中将は頬《ほお》を赤く染める。

——ど、どういうことだ？　夕月は男のはず……。それがなぜ女子《おんなご》以上にときめいてしまうのだ？

困惑する宰相の中将をよそに夕月の頭は既に風呂のことで一杯だった。

「屋敷のお風呂って凄《すご》く狭かったんだよね。ここは銭湯ならかなり大きいよね？　足が伸ばせるかな？」

すると、なんとか邪念を振り払った宰相の中将が確認してくる。

「でもいいのか？　湯煎だと知らないやつがいるんだぞ？」

「みんな使う場所ならそういうものじゃないの？」

何をおかしなことを聞いてくるのだろう、と夕月が首を傾《かし》げてみせると宰相の中将も腹をくくったようだ。

「お前がわかっているならそれでいい。杞憂《きゆう》だったな、行くぞ」

宰相の中将とともに案内されて湯煎へと向かっていった。

この時代の銭湯は夕月の思っていたものとは違っていた。

どちらかといえば蒸し風呂に近い。それでも数日に一度しか入れない屋敷よりは随《ずい》分《ぶん》とマシだった。

それにしても夕月が気になったのは、やけにここに人が多かったことだ。まるで毎日入りに来ているようにも見える。

夕月は思わずそのことを尋《たず》ねていた。

「もしかして、この街の人は毎日お風呂に入っているのですか？」

「数日に一回の人もいますけど、入る人もいますね。疲れが取れますから」

その話を聞いて夕月は転生先を間違えた、と感じた。

余計な考えをせずに毎日働いて、ゆっくりお風呂に入って一日の疲れを落とす。そんな生活の方が合っているようにも思えた。

「それじゃあ早速入るか」

宰相の中将が中へと入っていく。しかし、夕月は立ち止まり、周りを見渡していた。

「どうかしたのか？」

「その……、入り口が一つしかないみたいですけど？」

「当たり前だろう？　何を言ってるんだ？」

「でも、男女は別で……」

「一緒に決まっているだろう？」

その言葉に夕月は顔が一瞬にして真っ赤に染まっていた。

男のなりをしていても夕月は女性である。一緒に行くと見せかけて、どこかで男装を解いて女湯に入ろうと思っていたのだ。

こんなことで正体をバラすわけにも行かない。当然、男の人と同じ風呂に入ることなんてたまらなく恥ずかしい。

これがこの時代の普通だとしてもそれを認めるわけにはいかない。

夕月の額から汗が滝のように流れ落ちる。

自分でまいた種ではあったが、どうやってこの場を乗り切るか。

そのことを必死に考えていた。

それもこれも全《すべ》て館に毎日入れるお風呂がないのが原因だ。それなら作るか。

違う違う。今はこの場所から逃げる方法だ。でも、お風呂は入りたい……。

色んな考えが脳裏《のうり》を駆け巡り、夕月は目を回していた
こうなるともう覚悟を決めて、宰相の中将と一緒にお風呂に入るしかないだろうか？　それとも夕月が女性だということを宰相の中将なら話してもいいだろうか？

宰相の中将ならわざわざ人に言いふらしたりもしないだろう。

宰相の中将の横顔を見る。どこか鼻の下が伸びているようにも見える。

女性にだらしないという話は知っている。

さすがに親友である夕月に手を出してくるような真似《まね》はしないと思うが、それも絶対とは言えない。

この時代は男性が女性を襲うのは普通のことと、他ならぬ宰相の中将から教えてもらったのだから。

宰相の中将に襲われる自分の姿を想像して夕月は身震いしていた。

やはり宰相の中将に言うのはなし。

そう決めたものの、そうなると問題は最初に戻ってしまう。

しかしそこで、宰相の中将が笑いながら言ってくる。

「わかったぞ夕月。今になって女の体を見るのが恥ずかしくなったんだろう」

うん的外《まとはず》れ。ただ、今はその勘違いがありがたかった。

夕月は顔を赤く染めながら何度も頷いていた。

「中将と一緒に風呂に入ると考えたら恥ずかしくて……」

「え、俺とか？」

宰相の中将は驚きの声を上げる。それで夕月は自分がミスしてしまったことに気づく。

「べ、別に中将だけじゃないよ。他の人がいるのも恥ずかしいんだ」

「その気持ちはわかる。仕方ない、夕月。では湯煎は諦《あきら》めるとしよう。ところで、今日風呂に入れそうかどうかは占いで調べたらどうだ?」

宰相の中将がウインクしながら言ってくる。こういうちょっとした仕草がいちいち軟派な男だ。

でも、それが今は本当にありがたい。

間髪《かんはつ》入れずに夕月は早口で告げていた。

「そ、そうですね。今日は絶対にお風呂に入るべきです。入らないとよからぬことが起きてしまいますよ。ま、街中に亀が降り注いだり……」

「どうして亀なんだ……」

宰相の中将が苦笑を浮かべると、夕月は更に赤く顔を染めていた。

その様子がおかしくて宰相の中将は大きな口を開けて笑い出した。

「ははははっ」

「わ、笑わないでください」

夕月は宰相の中将のことを軽く小突く。もちろん、本気ではないために痛みはない。

それで宰相の中将の笑いが止まるはずもなかった。

「ははっ。でも、そういうことなら仕方ない。私も今日は家で湯浴みをするとしよう。夕月もそうするといい。念のためにその占いの結果を書にしたためる方が良いな」

宰相の中将の提案にこれ幸いと夕月も乗ることにした。

「あとから書きますね。でも、毎日お風呂に入れないのはどうかと思いますよ。汗は毎日洗い流したいです」

「仕方ないだろう。入浴は神聖なものだ。神にお伺《うかが》いを立てるのは当然のことだからな」

「ただ、体を洗うだけなんですけどね」

夕月は唇《くちびる》を尖《とが》らせながら言う。

宮中ではあまり見せない、子供らしい仕草である。

それがおかしくて、再び宰相の中将は声を上げて笑うのだった。

館へと戻ってくると夕月は早速湯を張ってもらうように秋に伝えていた。

「しかし、今日は入浴の日では……」

秋は慌てて夕月のことを諌《いさ》めようとしてくる。

このことも考えて、宰相の中将は占いの結果をしたためるように言ったのだろう。

今すぐにでも風呂に入りたい夕月は苦笑を浮かべながら、書を渡す。
それを見た秋は大慌てで「すぐに準備します」と言って部屋から出て行った。
用意された湯船は一人で入るにも狭いほどの広さしかなかった。
畳半畳ほど。元々人が入るためのものではなく、体にかけるためのものなのだから
それほどの大きさは必要ではなかった。
夕月としてはもっと広いところに手足を伸ばして入りたいところだけど、贅沢《ぜいたく》も言
えない。こうして湯船があるだけでも感謝しないと。
毎日入れないのもこの時代なら仕方ない。
そう考えていたのだが、庶民の人は毎日ではないにしても結構頻繁《ひんぱん》に入っていると
いう話を聞き、疑問が浮かんだ。
――もしかすると貴族の方が不衛生？　そんなことないよね？
ただ、あながち間違いでもないのかも。それならなんとかして毎日体を洗う習慣を
広めないと、と決意するのだった。
それから数日間は宰相の中将と共に街の清掃活動に勤しんでいた。
宮中の貴族たちの中にはその様子を嘲笑《あざわら》うものもいた。

「街で汚れ仕事をするなんて、殿上人《てんじょうびと》のすることではありません。そのような者、主上《いま》の座すこの宮中にはふさわしくありません」

実際に帝に提言するものもいた。

「良い。私が指示をしたことだ。それとも私の指示が間違っていたとでもいうのか？」

鋭い視線をむけ、低い声でいう帝に提言した貴族はたじたじになっていた。

「い、いえ、そういうわけではありません。ただ、やはりこの宮中に汚れを持ち込むのは如何《いかが》なものかと」

「それならそちの方がよほど汚れておるわ。とにかくこの決定に異論は許さんぞ」

「はっ……」

不服そうだったが貴族の男は頭を下げ、下がっていった。

そんなことになっているとは露《つゆ》知らず、夕月は宰相の中将の愚痴《ぐち》を聞いていた。

「なんで俺がこんなことに付き合っているんだ？」

「そう言いながらいつも付き合ってくれてありがとうございます」

「親友のお前だけをここに置いていくわけにはいかないからな。なぜかお前は目が離せん」

「別に私も自分の身くらい自分で守れますけど」

むしろ体もしっかりと鍛《きた》えている。宮中で遊んでばかりの貴族たちに負ける気はしない。しかし、宰相の中将の言いたいことはそういうことではないようだった。

「いや、お前の腕前はよく知っている。ただお前は――」

「中将、あれはなんですか？」

夕月は話も途中に開かれている市の方へ向かってふらふらと近づいていった。

その様子を見てため息を吐いた宰相の中将は夕月の手を摑《つか》む。

「だから勝手に動くな。まずは掃除するんだろう？　市なら月に何度か開かれている。仕事が終わってから一緒に行ったらいいだろう？」

「それもそうですね。その時は一緒に行きましょうね」

夕月の何気ない一言に宰相の中将は頰を染めていた。しかし、そのことに気づいていない夕月はいつも通り街の掃除を始めるのだった。

――どうして宰相の中将はここまで付き合ってくれるのだろう？

そんな疑問が浮かぶことも度々あった。

ただ本気で心配してくれている様子からすると、弟のように見てくれているのかもしれない。

嬉しそうな宰相の中将を見て、夕月はそんな勘違いをしていた。

夕月たちの活動は自然と町民たちの意識も変えていた。

今まではゴミを捨てる人が後を断たなかったのだが、すぐ側で掃除をする夕月たちを見て自然と捨てる人が減っていった。

それだけではない。

殿上人が人の嫌がるような仕事をしているのだから、興味本位で見に来る人が後を断たなかった。

宰相の中将は嫌な顔をしていたが、夕月は笑顔で挨拶《あいさつ》を交《か》わしていた。

前世での接客バイトで身につけた社交性がこういうところで役に立つのはありがたいところである。

「あれっ？　夕月の若様？　こんなところで何をしてるの？」

人が増えてきたからか、興味本位で見に来たのだろう。

以前、商人街でお腹《なか》を空《す》かせていたのを見て夕月が食事を与えた少年が話してくる。

殿上人である夕月に話をするのは憚《はばか》られていたのだが、少年がそれをあっさり突破してきたのだ。

「少しでも街が綺麗になるように掃除をしてるんですよ」

「そっかー。それなら僕も手伝おうか？」

少年は無邪気《むじゃき》に聞いてくる。

「でも、他の仕事は大丈夫なのですか？」

「今日の仕事は終わったよ。それに若様には前に助けてもらったからね」

少年はにっこりと微笑んでくる。

今は猫の手も借りたい状況である。ただ掃除を手伝ってもらうにもさすがに道具が足りない。そう思ったのだが。

「それならこいつにも掃除をさせるか？」

「でも、箒が……」

「それならお前が前に百本くらい必要になるって言ってただろう？　少しずつだが準備させてるぞ」

「えっ、本当に？」

冗談だろうと笑っていたのに、宰相の中将はここまで見越して準備してくれたのかもしれない。

「いくらなんでもこれだけの道をたった二人で掃除を終わらせられるわけがないもんな。ようやくお前が考えていたことがわかったぞ」

宰相の中将もようやく衛生問題によって疫病が広まったり、よくないことが起こりやすくなることを理解してくれたのか、と夕月は胸を撫《な》で下ろす。

「こうやって町人たちを自発的に働かせて、自分の手足のように動かそうとしたのだな」

「えっ、違う……」

見当外れの宰相の中将の言葉に夕月はすぐに否定していたのだが、少年はそうは思わなかった。

「もちろん若様が困っていたら、僕は手を貸すよ。人手がいるんだね？」

それをいうと少年は走り去っていった。そしてすぐに子供を数人連れてくる。

「どうしたの？」

「ご飯がもらえるの？」

「仕事をしてからだぞ？」

どうやらご飯で釣《つ》って連れてきたようだ。

「そうですね。みんな、掃除を手伝ってくれたらご飯をご馳走《ちそう》しますよ」

「やったー。頑張るー」

宰相の中将が箒を持ってきたので、子供たちと一緒に協力して道を掃除していく。

すると、掃除をすると飯を食わせてもらえるという噂《うわさ》が広まり、一人、また一人と子供たちが手伝ってくれるようになった。

しかもそれだけではない。子供たちが手伝いの後にご飯をもらっているところを見て、大人たちも手伝いに来てくれるようになった。

その際に子供たちはあまり気にしなかったのだが、大人たちは初めは箒を見てたじろいでいた。

「本当にこんな神聖な道具を使わせてもらってもいいのですか？」

やはり箒は神具としてのイメージが強いようだった。

「もちろんですよ。むしろ使ってください。効率が全然違いますから」

恐る恐る箒を受け取ると夕月たちと一緒に掃除に参加してくれる。

その数はいつの間にか数十人にも上っていた。

初めは終わりの見えない作業だったが、ここまで人が増えると一気に進んでくれる。

それが嬉しいやら寂《さび》しいやらで宰相の中将は複雑な表情を見せていた。

「そろそろ街の人に任せてもよさそうですね」

そんな宰相の中将の気持ちに追い打ちをかける言葉を夕月が投げかけていた。

「い、いや、まだ任せるには早くないか？」

「でも、これも一つの仕事になりましたよね？　下手《へた》に私たちが仕事をとってしまうより、街の人たちに仕事を与えた方が今後のためにもいいかと思いますが？」

夕月の言葉は正論で宰相の中将はぐっと息を呑《の》んでいた。

ただ、せっかく二人で仕事ができていたこの時間がなくなってしまうのが惜しいだけなのだ。

「夕月はもう俺とは働きたくないのか？」

「そんなことないですよ。中将のおかげでここまでの成果が出たのですから、もっと大きなことも成《な》すことができるのではないでしょうか？」

夕月が笑顔を見せると宰相の中将は再び頬を染める。

「それにしてもここまで綺麗になると気持ちいいですね」

今まで腐《くさ》った生ものなど色んなものが混じり合った腐臭《ふしゅう》が漂っていたのだが、それもずいぶんとなくなった気がする。

まだまだ完全になくなるのはこれからの努力次第《しだい》になるけど、それでも疫病が蔓延する可能性はグッと減ってくれるはずだ。

後はこの活動を常態化してもらうだけ。

町民たちに予算を出すように提言するのは夕月の仕事だった。

でも、そのためには本当に疫病が減っていることを知らしめる必要がある。

後はこれからも定期的に見にこよう。

ようやく衛生問題が片付く頃には既に日中は暖かくなる時季になっていた。

周りは桜が咲き、宮中では華やかな宴《うたげ》が日々行われていた。

その場にいるだけで楽しくなるような優美な空間。

しかし、それを破るように慌てた様子の男が陰陽寮からの手紙を持ってやってきた。

「主上、本日の占い結果を陰陽頭《おんようのかみ》から急いでお届けしろとのことでお持ちしました。ご確認していただいてよろしいでしょうか？」

「その慌てようは急を要するのだな。早速確認させてもらおう」

帝が手紙を読み始めるが、その表情は次第に険しいものへと変わっていった。

「主上、どうかされましたか？」

帝の態度で只事《ただごと》ではないと察し、騒がしかった周りが静かになる。その中で一人、側《そば》にいた男が代表して帝に問いかけていた。

「陰陽頭の占いには、これから夏場にかけて疫病が蔓延すると出たようだ」

それを聞いて場が騒々しくなっていた。

ただ、それを側で聞いていた夕月は首を傾げていた。

確かに疫病は一度流行《はや》り出すと蔓延して一大事となってしまう。

しかし、夕月や宰相の中将の活躍で街中の衛生面が大幅に改善されている。

早期に対策できれば、それほど大事にならない気もしていた。

「主上、疫病が流行る場所はわかっているのですか？　早急に対策をとりましょう」

「陰陽頭がいうには商人街あたりだと予想しているな。すぐに陰陽師を派遣して、神を鎮《しず》めてもらおう」

それを聞いて概《おおむ》ね事情が飲み込めた。

確かに夕月が掃除をする前だとかなり衛生状況が悪かった。

疫病が蔓延するのも頷ける。

しかし、今の状況だとそんなことは起こり得ないことを夕月は理解していた。つまり、陰陽師は夕月の活動を知らず、それまでの街の様子から予想したに過ぎないのだ。

だからこそ、夕月は帝に対して安心させるようにいう。

「その辺りの疫病は既に対策をとった後です。いざという時に薬師《くすし》が動けるようにしてくだされればもう問題ありません」

「どういうことだ？　もっと詳しく説明してくれ」

慌てた様子で帝が夕月に近づく。

すぐ目の前に現れる光り輝く顔の帝に思わず顔を背けたくなる。

「えっと、先日より主上から賜《たまわ》った仕事がそれです。街の衛生が悪いと疫病が蔓延する原因になるから、その原因を取り払うことで対策はできております。いきなり爆発的に広がることはないと思いますので、後は状況の変化に気を付けておけば大丈夫だと思います。先日の仕事より街の中に多数の協力者がいますので、そちらの者たちに注意を促《うなが》しておきます。疫病が流行る気配があればすぐに連絡が来ます」

それに街の人たちは貴族たちに比べると衛生面でしっかりしていた。

注意だけしておけば対応はどうにかなりそうだった。

「さすが三位の中将だ。今回の対応はそなたに任せる」

「かしこまりました」

しかも結果的に活動の報告を上奏《じょうそう》できたから、これで堂々と街の少年たちに給金を払うことができる。

そのことで夕月はホッとしていた。

いつ報告が来るかと陰陽頭は寮《りょう》で待っていたのだが、いつまでたっても連絡が来ないことを不審に思い、近くにいた青年に問いただす。

「ほんとにあの手紙を届けたのか？」

「はい、すでに主上がお読みになられたと聞いております」

青年の言葉に陰陽頭の怒りが更に高くなり、特徴的な切れ長の目が更に吊《つ》り上がる。

「それならどうして私の元に連絡が来ない！」

手元にある机を思いっきり扇子《せんす》で叩く。その音に青年は萎縮《いしゅく》していたが、陰陽頭は逆に冷静になることができていた。

帝が占いの結果を反故《ほご》にするわけがない。

それなら誰《だれ》かが帝に讒言《ざんげん》したのだろうと想像が付いた。しかし誰が？

動きの固まった陰陽頭はある人物の姿が浮かんでくる。

「まさか、夕月の君か？」

そもそも陰陽頭の占いを信じてない様子だった。

此度《こたび》もそれで余計なことを帝へと吹き込んだのだろう。

「しかし、いくら占いを信じない夕月の君であろうが此度は何もできないであろう。なにせ疫病だ。これを防ごうなど神にしか不可能！　自分で自分の評価を下げてくれるのならこれほどありがたいこともあるまい」

陰陽頭は空を見上げる。

青々と雲一つない空からはこれから起こる惨状《さんじょう》は想像することもできない。

しかし、占いは絶対である。もうまもなく疫病は蔓延する。

それに夕月の君は姫ではないかという話が梅壺《うめつぼ》の女御《にょうご》からきていた。梅壺の女御が、餌《えさ》に喰《く》いついたのだ。

これ以上力を付けるようならそこから攻めてもいいと思っていたが、それも必要がなくなった。

勝手に自滅してくれるのだから余計な手を出すのも野暮《やぼ》というものだった。

しかし、難癖《なんくせ》を付けられたのは気にくわなかった。

「気になるのは、本来、右大臣の四の姫と婚姻《こんいん》を結ぶのは朝露《あさつゆ》という男子であったはず。しかし、今の左大臣に朝露という子はいても、それは姫と聞く。ということは──？」

そのことを占ってみても暗雲が立ちこめたように何も結果は出てこなかった。

疫病が蔓延すると予測した夏の時分、陰陽頭の元に驚きの報告が上がってくる。

心の中でこういった結果になるのでは、と少し感じていたのか、陰陽頭の態度は冷静そのものであった。

「まさか本当に疫病が蔓延しないとは――」

街には疫病が流行る様子もなく、人々は平穏無事に過ごしているらしい。

そう書かれた報告書を見て、思わず呟《つぶや》いていた。

夕月の君は神にでも愛されているのだろうか？

そう思わずにはいられなかった。

しかし、すぐに首を振りそんなことはないと言い聞かせる。

「きっと夕月の君が何か小細工をしたのであろう。そうに決まっている」

ただ、それが何なのかがわからない。

頭を抱えて悩んでいる陰陽頭を見て、使いの者が声をかけてくる。

「そういえばこれを運んでくる途中に面白い話を聞きましたよ」

「……面白い話？」

「ええ、先ほどから陰陽頭が口にしている夕月の中将のことですが」

「何⁉　それはいったいどんな噂だ？　話せ！」

飛びつく勢いで使いの者の着物を掴む。

「は、話しますから放して下さい……」

使いの者を激しく揺らしている現状ではまともに会話できないと気づき、陰陽頭が服から手を放す。

　使いの者は呼吸を整えたあと、低い声で話してくる。

「実は夕月の中将ですが、冬の時分から庶民の街へ出歩いていたようです。しかもただ出歩いていただけではなく、街の清掃を行っていたようです」

「なぜそんなことを？」

「それは……わかりません。しかし、街からは臭気が消え、庶民は夕月の中将のことを一様に褒め称《たた》えていました。おそらくは人気取りなのかと」

「なるほど……」

「それが街の者が言うには、夕月の中将も陰陽道に通じているらしく、その占いをもって人々を救っているようです。街はすっかり様変わりしており、臭気どころか庶民達はこぞって神事を行って神に祈りを捧《ささ》げております」

　実際はただ街を箒で掃除しているだけなのだが、なにも知らない人からしたらそのように感じられたようだった。

「……そうやって街を挙げて神に祈りを捧げることで疫病を防いだ、という物語まで作ってきたか」

　もしかしたら、己が思う以上にこの夕月という存在は運命の邪魔をしてくるかもしれない。

陰陽頭はこめかみを揉《も》みながら、その鋭い瞳《ひとみ》で虚空《こくう》を睨《にら》みつけていた。

第七話　尚侍《ないしのかみ》

見事に疫病《えきびょう》が訪れるという陰陽頭《おんようのかみ》の予言から都を救った夕月《ゆうづき》は、権中納言《ごんちゅうなごん》へと昇進することになった。

しかも、帝《みかど》はたいそうお喜びになったようでそのことを祝い、宮中で宴《うたげ》が開かれることとなったのだが、夕月の心は晴れなかった。

女でありながら出仕している夕月は、自分の事情がバレてしまう可能性を考えるとあまり目立ちたくなかったのだ。

ただ、帝直々の呼び出しとあっては断るわけにもいかない。

引きつった笑みでそれを受けた夕月は、内容を確認した後に愚痴《ぐち》を聞いてもらいに朝露《あさつゆ》のいる東の対《たい》へと行った。

「どうしよう朝露、私また昇進することになってしまったの」

「おめでとう夕月。そこまで昇進するなんて凄《すご》いよ」

朝露は自分のことのように喜んでくれる。

その笑顔は女である夕月が見ても思わず見惚《みと》れてしまうほどに可憐《かれん》なものであった。

その仕草の一つ一つが女性らしく、朝露が男であるなんて誰《だれ》も想像することはないだろう。

一方の自分はどうだろう？

ずっと出仕してきたが、本当に男らしく過ごせてきたのだろうか？

自問自答していたが、その答えが出ることはなかった。

「私、本当にこのままでいいのかな？　お父様に迷惑をかけて、みんなを騙《だま》して……。そこまでして宮中に出仕する意味があるのかな？」

夕月が落ち込んでいる様子を見て、朝露も悲しそうな顔をする。

「僕のせいで夕月を困らせてしまってる？」

「あっ、朝露は関係ないよ。ただ、私は本当にこのまま進んでいっていいのかなって」

朝露はそっと夕月の肩を抱き、落ち着かせようとする。

「夕月が僕に教えてくれたんだよ。自分の人生なんだから思うように生きたらいいって。だから夕月も自分が思ったとおりにすればいいんだよ」

「自分の思うとおり……」

思えば私は自分の思うとおりに生きられないから、とこの世界へ転生してきたはずだった。長いことこの世界で過ごしてきて、すっかりそのことを忘れていたかもしれない。

夕月の瞳《ひとみ》に希望が灯《とも》る。

「ありがとう、朝露。私、すっかり忘れてたよ。何を悩んでいたんだろうね。別に男だからとか女だからとか考えなくていいんだよね。私は私なんだから思うとおりにすればいいんだよね」

今まで悩んでいたのが嘘《うそ》みたいにすがすがしい気持ちになった。

夕月の行動はこの時代ではあり得ないことかもしれない。

──それでも私はもう迷わない。自分の好きなように生きていいのだから。

「もう悩みはなさそうだね。こんな僕でも力になれてよかったよ。いつもは夕月に助けてもらうばかりだもんね」

「そんなことないよ。私も朝露がいたから今の私がいるんだもん」

「でも、僕もいつまでもこうしていられないかも」

「……どういうこと？」

夕月が問いただすと朝露はどこか言いづらそうにはにかんでいた。

「夕月には話しておかないと、だよね。実は僕ね、東宮《とうぐう》様の尚侍《ないしのかみ》になったんだ」

「えっ、尚侍⁉　朝露が⁉」

さすがに驚きを隠しきれなかった。

人と接することを何よりも嫌がり、夕月以外とはまともに話せない。自分の父親ですらほとんど会わない朝露がたくさんの人目がある宮中の東宮に仕えるなんてできるのだろうか？　前の東宮が帝になったことで、今の東宮は今上帝の子、女一の宮がなられており、女東宮であるとはいえ、だ。

しかし、朝露の目は真剣そのもので、これが他人の意思ではなく自分自身で決めたことなのだろうと予測がつく。

それでも今までの朝露を知っている夕月は不安に感じていた。

「大丈夫なの？」

「うーん、でも、このまま家に引きこもってたらみんなに迷惑をかけちゃうし、本当にこのままでいいのかなって悩んでいたんだよ」

本来なら夕月に縁談が舞い込んできているように朝露にも婚約の話があってもおかしくない。容姿も良く、しっかりとした身分の娘なのだから。

何か問題でもあるのか、と陰《かげ》で囁《ささや》かれているのを夕月も聞いたことがあった。このままだと尼《あま》にでもなるしかなかった。だから、父が尚侍にあげようと思っている、とは言っていたが、まさか朝露が本当にこの話を受けるとは。

「尚侍ってことは、人の前に出てるんでしょう？」

「まだ不安はあるよ。でも、東宮様はこんな僕に良くしてくれたんだよ。だから僕も東宮様の力になりたいなって……」

「そっか……。朝露が決めたことなら私は応援するね」

夕月の反応を見て、朝露は安堵《あんど》の息を吐いていた。

「そんな緊張することないのに。私が朝露のすることを応援しないわけないでしょ」

「僕がこう決意できたのは夕月のおかげだから。わかってたけど、心配させるかな、と思って……」

朝露は笑顔のまま涙を流していた。

「それよりも私はその東宮様が気になるかな。朝露にここまで言わせるなんてよほどいい人だったんだね」

「うん……。とっても素敵な人だったよ」

朝露は頬《ほお》を染めてうつむき加減に答えてくる。その様子を見て夕月は声を上げて笑っていた。

「もう、そんなふうにするなら教えないよ」

「ごめんごめん。謝るから教えてよ」

「うん……、わかったよ」

それから朝露はゆっくりと語ってくれた。

それは夕月が街の衛生問題に取り掛かっていた去年の冬ごろのことだった。

今まではどんな話があったとしても左大臣である父親が断っていたのだが、さすがに帝直々の話だと断り切ることができなかった。

ただ、婚約というわけではなく、まだ幼い東宮のために尚侍となってくれないかという話であったので、左大臣は朝露へその話を持っていった。

普通なら願ってもない話であるし、自分もそうさせたいとは思っていたのだが、左大臣はこの話も難しいであろうと考えていた。

そもそも父である自分ですらまともに会話することも叶《かな》わないのに、尚侍として勤《つと》め上げることなんてできるはずもないであろう。

まともに働けないものを宮中へ入れるなど、帝の顔に泥《どろ》を塗《ぬ》ってしまう。

しかし、当人に確認をする前に断るわけにもいかないのだから、と渋々その話を持ち帰っていた。

そして久しぶりに見た自分の子は、男であることを忘れてしまいそうになるほど可憐に女性らしく成長をしていた。

長く艶《つや》やかな黒髪は思わず見入ってしまうほどで、顔は夕月から少し気を弱くした感じ。双子ではないもののそっくりな顔つきをしている。

しかし、左大臣が来たとわかると恥ずかしそうに扇子《せんす》でその顔を隠し、頬を赤らめていた。

自分の父ですらこのようになるのだから、宮中へ行き、好奇の目に晒《さら》されてしまってはどうなるか……。

とてもじゃないが朝露がそんなところでは生きていけないだろうと再認識していた。

そして、そのことを朝露に話すと当然ながら渋い顔を見せていた。

ただ、その返事は左大臣が想像していたものとは違っていた。

「その……、僕でできるでしょうか？」

消えてしまいそうなほどのか細い声を出す。

久しぶりに聞いた我が子の声に左大臣は自分の耳を疑っていた。

「今なんと？」

身を乗り出して尋《たず》ねる左大臣に朝露は体を強張《こわば》らせる。

「すまん」

「い、いえ……。それよりも、尚侍……、僕にもできるでしょうか？」

「……やってくれるのか？」

「僕のわがままで夕月も出仕して頑張ってくれてるのだから、僕もそろそろ自分でできることをしたいのです」

「そうか……。それなら確かに尚侍はうってつけやもしれん。東宮様のお世話をする役目で、周りの側仕《そばづか》えたちも女子たちであるからな。朝露もそのほうがまだ安心するであろう？」

左大臣の問いかけに朝露は首を必死に縦に振っていた。

「一応朝露の性格は伝えておく故《ゆえ》に、もし難しいと感じるようならそのときは安心してこの父に話すと良い」

「はい。ありがとうございます」

今日初めて見せてくれた朝露の笑顔は眩《まぶし》く、左大臣ですら思わず言葉を詰まらせるほどのものであった。

牛車《ぎっしゃ》に乗り、朝露は東宮がおわす梨壺《なしつぼ》の御殿へと参上した。

梨壺の御殿は華やかで、お付きの侍女《じじょ》が多数いる上に少女や下仕えのものもいる。

その皆々が目を見張るような衣装《いしょう》を着ており、朝露は驚きの表情を浮かべていた。

今までも女子達と遊ぶことはあったが、これほど多くの数を見たことがない。

そして、彼女たちの興味が一様に自分に集まっていることを知り、恥ずかしさからうつむき加減でおどおど歩いて行く。

ただ、それが高い身分の娘でありながらしおらしさを感じさせ、当人の美しさも相まって女子達を虜《とりこ》にした。

そのまま女東宮にお目にかかったが、彼女はまだまだ幼い少女であった。

それでいて上品さを出しており、どこかおっとりとしている。

「よく来てくれました」

「えっと、あの……」

朝露が声を出そうとするものの緊張やら恥ずかしさやらでまともに言葉が出なかった。するると、女東宮はそんな朝露を見て微笑《ほほえ》んでいた。

「そんなに緊張しなくてもよいのですよ。ここはもう第二の貴方《あなた》のおうちなのですから」

人を安心させるような優しい言葉に、次第に朝露も気を許していく。

「それよりそろそろ貴方のお顔を見せてくれないかしら？」

その言葉を聞いて朝露はいまだに自分が頭を下げたままであることに気づく。

慌てて顔を上げると女東宮が優しい眼差《まなざ》しを朝露へ向けていた。

それから数秒間、朝露は動きが固まり女東宮の目を見ていた。

「そうも見つめられてしまうと恥ずかしいですね」

女東宮のその一言で、朝露はずっと彼女を見ていたことに気づいて顔を赤くし、再び顔を俯《うつむ》けてしまうのだった。

朝露には梨壺の御殿から近い宣耀殿《せんようでん》という建物が与えられていた。

仕事の内容は主に女東宮のお相手である。

そもそも梨壺の御殿には多数のお付きの者がおり、皆が仕事を分担して行っているために新しく来た朝露がしないといけない仕事は存在していなかった。

しかし、女東宮は朝露の何がお気に召したのか、たいそう気に入られたようで、毎日のように声をかけられていた。

「朝露の尚侍はここへ来る前はどんなことをしていたの？」

興味深そうに朝露の顔をのぞき込みながら問いかけてくる。

「えっと、私は書物を読んだり、双六《すごろく》をしたりしておりました」

さすがに話しかけられると未《いま》だに緊張していた。しかし、言葉はすらすらと出るようになっていた。

すると、女東宮はうれしそうに笑顔を見せながら手を叩《たた》いていた。

「それはようございますね。私も書物を読むのは好きですよ。そうだ、今度私と一緒に書物を読みませんか？」

「私は構いませんが、それって楽しいのでしょうか？」

「私はとても楽しいですよ」

一分の疑いも見せない屈託《くったく》のない笑みを見せてくる。

本当に二人で書物を読むことを楽しいと思っているようだった。

朝露としても書物を読んでいる間は気をつかう必要がないのでありがたかった。

「わかりました。では、いずれまた……」

「早速書物をとってきますね」

女東宮が戻ってくると二人で黙々と書物を読み始めた。

物音一つない部屋の中で時折女東宮の笑い声が聞こえてくる。

楽しい物語でもお読みになっているようだった。

それが手に取るようにわかり、朝露も思わず笑みをこぼす。

すると、その様子を見た女東宮が驚いていた。

「朝露の尚侍は笑顔の方が美しいですね」

「ふぇっ⁉」

突然のことに朝露は顔を真っ赤にして慌てふためく。

「な、な、何を突然おかしなことを仰《おつしや》るのですか⁉」

「あらっ、私はただ感じたことをそのまま言っただけですよ」

「で、でも僕が美しいだなんて、そんなこと……」

「そんなことありませんよ。尚侍はとても美しいのですからもっと自信を持ちなさい。きっとたくさんの縁談が舞い込んでいらっしゃるのでは？」

「僕、いえ、私はこういう性格ですからその……、婚約するなんてとてもじゃないですけど、できないです……」

最後の方は消えそうな声色になっていた。

すると、なぜか女東宮はうれしそうだった。

「それでしたら朝露の尚侍はずっと私の尚侍でいてくれるのですね」

「このままいても良いのでしたら」

「当然ですよ。私の許可なく私から離れるのは許しませんからね」

強い言葉を使いながらもその表情は楽しそうであった。

「でも、僕――私より先に東宮様が良いお方とご結婚されるのではないですか？　東宮様はとてもかわいらしいお方ですので」

朝露のその素直な言葉に女東宮は驚き呆《ほう》けていた。

「かわいい……でございますか？」

「ええ、とても可愛《かわい》らしいと存じます」

「その……、ありがとうございます。そう言っていただけたのは何分初めてのことで、どう反応して良いのかわからなくなってしまいました」

頬を紅潮させ、恥ずかしさで手を当てている。

決して嫌そうではなく時折笑顔がこぼれている。

こんな可愛いのに、言われたことがないだなんて有り得ないと思うが、一つ理由が考えられるとしたら、他の尚侍やお付きの者は、もしかしたら女東宮に対してよそよそしい態度をとっているのかもしれない。あまり、親しくなり過ぎないように。

「ですが、私も婚約することはありませんよ。この東宮の位にいる間は」

女東宮はどこか悲しそうな顔を浮かべる。

女東宮は、自分はあくまでも帝に男児が生まれるまでのつなぎの東宮であることは十分に理解していた。それが当然だと思っていたし、なんの疑問も感じていなかった。

そう、だからいずれいなくなる東宮に対して、他の女御《にょうご》は殊更《ことさら》優しくしないのだ。しても、何の利もない。それより次の権力者に代わった際に、かつての東宮と親しかった、と不利にすら働くかもしれないと考えているのだ。

朝露の尚侍も、自分が女東宮の位にあるからこそ、ここへ来ている。

今は優しい朝露も、いずれいなくなる。今更ながらそれを思い出し、女東宮は朝露に対して告げる。

「今日はご苦労でした。そろそろ下がって構いませんよ」

物寂《ものさび》しさを感じてしまう愁《うれ》いに満ちた表情は、あまり人に接したことのない朝露ですら何か悲しくなる理由があるのでは、と思わされた。

だからこそこのまま放《ほう》っておいては女東宮がだめになってしまうのでは、と考える。

しかし、だからといって今の自分に何ができるのか？

そう考えたときに夕月の顔が浮かんでいた。

昔、自分が困ったときに夕月はどんなことをしてくれたか。

そう考えたときに自然と朝露は行動に移っていた。

女東宮の後ろからそっと彼女を抱きしめる。

あまりにも突然のことに女東宮は驚いていた。

「大丈夫です。私はどこにも行きませんから、安心してください」

今までお付きになったものたちは宮中の男子たちに見初《みそ》められ、あわよくば帝の妾《めかけ》になれたらと考える者たちで、真の意味で女東宮の力になろうとする者はいなかった。

なんだかそれは、夕月と出会うまで、誰も自分のことを認めてくれなかった朝露と同じようではないか。

——夕月が好きなように生きていい、と言ってくれたから、今の僕がある。

「東宮様、どうか、お好きに、思うようになさってください。私は、それをお手伝いいたします」

女東宮にとって、まだ梨壺の御殿に来て数日の朝露の尚侍が己《おのれ》の側《そば》に付く唯一《ゆいいつ》の利点であろう婚約に興味がなく、しかも自分のために力になってくれるというのだから、驚くのも無理もなかった。

しかし、抱きしめられたことで心の鼓動が速くなっていることに気づき、朝露も緊張しているのだとわかる。

自分のために無理をしてくれているのだと。これは、本気だと。

そう感じ取った瞬間に女東宮の目から一筋の涙が流れていた。

「これからもよろしく頼みます。私の尚侍……」

今にも消えそうな声で、しかしはっきりと朝露に聞こえるように女東宮は言った。

朝露が楽しそうに話すのを見て、夕月はもう自分がついていなくても朝露は大丈夫だろうと確信していた。それと同時にもう自分から離れてしまったのだとどこか寂しくも感じてしまう。

「朝露は東宮様のことが好きなんだね」

「ふぇっ⁉」

朝露が顔を真っ赤にしてモジモジしだす。

しかし、すぐに頷き返してきた。

「うん。東宮様はとっても可愛らしくて、それでいて一緒にいると落ち着いて……。だから、一緒にいたいなって思ったんだよ」

「あー、もう。朝露は可愛いなぁ」

思わず夕月は朝露のことを抱きしめてしまう。

「ちょ、ちょっと、夕月⁉」

慌てて夕月のことを離そうとする。

夕月としては日常的に狩りに出たり外で働いたり、ということが多かったのでそれなりに力はあるつもりだったが、それでもあっさりと朝露に離されてしまう。

「こうやってみると朝露も男なんだよね」

夕月は小声で呟《つぶや》いていた。

それと同時に自分が今の仕事をどれだけ続けられるのか、という不安も出てきてしまう。

ただ、せっかく自分で頑張ると決めた朝露の手前、そのことを隠し笑顔を見せる。

「頑張ってね、応援してるから」

「うん、僕頑張ってくるよ。でも、今日は夕月に会えて良かったよ。最近は宣耀殿にいることが多いから」

「そっか……。それならまた何かあったらそっちに連絡するようにするね」

寂しい気持ちのまま、朝露と別れる。

そして夕月の昇進はつつがなく行われ、すぐに宴の席に変わっていた。

夏の暑さに負けぬように氷室《ひむろ》より氷が取り出され、皆に振る舞われている。

しかし、夕月はそれを口にすることなくぼんやりと夏の景色を眺めていた。

ろくに明かりはなく空に輝く星をはっきり見ることができる。

これだけ神秘的に見えるのならば天に神がいると思われるのも頷けた。

「どうしてこんなところで憂《うれ》えておるのだ？」

「あっ、主上《しゅじょう》。この物静かな空の光景がまるで私の心を表しているかのように思えまして眺めておりました」

夕月が再び空を見上げると隣に帝がやってきて、同じように空を眺めていた。見上げる横顔が、星よりも輝いて見える。

「確かにあのように明るく照らす星は権中納言のようであるな。誰も思い付かぬような突拍子《とっぴょうし》のない手法で物事を解決してくれる。私にとっての誰にも渡したくない宝石の如《ごと》き存在である」

「それだとまるで口説《くど》いているようですよ、主上」

冗談《じょうだん》だと言わんばかりに笑みを浮かべながら答える夕月だが、心の中では焦《あせ》っていた。鼓動が速くなり頬が朱に染まる。

「ははっ、確かにそう聞こえてもおかしくないな。すまん。しかし、私のお主を思う気持ちは恋にも等しいということにもならないか？」

「主上……。ありがとうございます」

「それよりも今日はお主のための宴であるぞ。思う存分楽しむといい」

軽く頭を下げると帝が芳《かぐわ》しき香りを残して、その場から去っていった。


それからしばらくの間、宴を楽しんでいると帝から直々に呼び出しがかかる。

なんでも、部屋を用意してくれたようでそこで二人、酒でも飲みながら語らいたいとのことであった。

帝直々の頼みとあっては断ることもできない。

先程話したばかり、しかも宴を楽しめと言ったのは主上なのに、わざわざ二人きりになりたいとはどういうことだろうかと疑問に思いながら言われた部屋へと向かう。

薄暗い部屋の中、不気味に光る高灯台《たかとうだい》のおかげで辛うじて帝の姿が見える。

ここには二人しかいないはずなのに、別の影も見えたことで夕月はすぐに鋭い視線をそちらへと向ける。

「誰だ！」

「あー、よい。気にするな」

帝が夕月のことを窘《たしな》める。どうやら危険な相手ではないようだった。

そして、促されるままに近づくとようやくその影の正体がわかる。

それは梅壺《うめつぼ》の女御であった。

この場にいるのは不思議ではあったものの、帝と一緒にいてもおかしくない人物という点では安心できそうである。

ただ、梅壺の女御から発せられる威圧ある視線には疑問を感じずにはいられなかった。

「此度《こたび》はお招きいただきありがとうございます。主上にお誘いいただき光栄に存じます」

「そう堅苦しい挨拶《あいさつ》はいらぬ故、お主も一献《いっこん》するといい」

「頂戴《ちょうだい》いたします」

帝より酒の注《つ》がれた容器を受け取るとそのまま口にする。

「主上、先ほどの件を……」

「いや、それはいいのだ」

梅壺の女御と帝が二人で内緒話を繰り広げていた。

夕月は一人話に置いていかれる。

すると、梅壺の女御が夕月のことを指差してくる。

「しかし、宮中は神聖な場所にございます。そこを我が物顔で歩く女人《にょにん》がいることが許せないのです」

顔を隠し泣くような仕草をしているが、夕月に対しては鋭い視線で睨《にら》みつけていた。

——今、なんて言った⁉　女人？　もしかして、梅壺の女御には自分の性別がバレている？

それならもうここにはいられない。疑いの目を向けられているだけでも、色々と良くしてくれている帝に迷惑がかかってしまう。

動揺を隠しきれない夕月であったが、帝はそれを笑い飛ばしていた。

「ははは、だからどうしたのだ。それは私が決めることであろう？　そして、権中納言は私のために十分に働いてくれている。賞賛こそすれ、非難する理由はないな」

「しかし……」

帝に強く言われたこともあり、梅壺の女御は声を詰まらせていた。

ただ、それは夕月も同じだった。

「あの……、主上。その……」

「権中納言、それ以上何も言わなくていい。宮中のことは充分把握《はあく》しておる。そなたに色々な疑惑があることもな。しかし、それでも私は権中納言が全《すべ》てこの京のためにひいては私のために働いていることは疑っておらぬ。故に、何があろうと関係ない。私はそなた自身のことを信用しているのだ」

帝からそう言われて夕月は改めて自分がここにいていいんだ、と安心することができた。梅壺の女御は、「主上がそう仰られるのでしたら……」と唇を噛《か》み締めながらも渋々認めている。

そして夕月に対して笑いかけてくれる帝に思わず顔を赤らめるのだった。

——私が女でもいいんだ。

心配事がなくなりようやく安心することができた夕月は、今更宴に戻るような気分でもなく、一人中庭を眺めながらぼんやりとしていた。

せっかく夕月のために開かれた宴であったが、当の夕月は心ここに在《あ》らずでろくに楽しむことができなかった。

集まった人たちはそんなこともないようで、遠くから楽しげな声が聞こえてきていたが、夕月がいる中庭は静かなもので微《かす》かに聞こえるその音以外は何も物音がしなかった。

ぼんやりと光る蛍《ほたる》が池を淡く照らしている。

いまだに火照《ほて》っている頬を覚《さ》ますにはうってつけの場所であった。

池の畔《ほとり》でしゃがみ込み、水面を見ながら考える。

帝は、それでいいかもしれない。しかし、梅壺の女御のように、夕月が宮中にいることを内心よく思わない人は出てくるだろう。特に、この時代に来た時から、女の姿をしろ、と言ってきた陰陽頭。彼は予言を潰《つぶ》されたこともあり、どこか夕月を敵視しているようにも感じる。

このまま、思うように生きていいのだろうか。

そこに、息を荒くした宰相《さいしょう》の中将《ちゅうじょう》がやってくる。

「こんな所にいたのか。主役のお前が突然姿を消したから探してしまったぞ」

「すみません。主上に呼ばれていたんです」

「確かにお前の最近の活躍を聞いたら直々にお言葉をかけてくださるだろうな。でも、もう終わったのだろう？　それならどうして戻ってこなかったんだ？」

「少しだけ酔いが回ってしまいまして。ここで休憩《きゅうけい》をしていたんです」

実際に夕月の頬は赤い。ぼんやりとした明かりしかないとはいえ、それは宰相の中将も気づいているだろう。

「そうか……」

宰相の中将は何も言わずに夕月の隣に腰を掛け、空を眺めていた。

それと同じように夕月も空を見上げる。

「……お前はあの星を見たら未来がわかるのか?」

「何か見てほしいことでもあるのですか?」

「せっかくだからな。今後の俺とお前の関係でも見てもらおうかと思ったんだ。俺は占《うらな》いができないから結果はわからないが、どんなことがあってもお前の味方になる、ということを信じてもらえると思ってな」

まるで夕月の不安を見透《みす》かしているかのような力強い台詞《せりふ》を言ってくる。

その真剣そのものの表情を見て、夕月は思わず吹き出してしまう。

「あはははっ、その台詞は中将には似合わないですよ」

「何を! せっかく人が心配してやったのに」

宰相の中将はすね気味にそっぽ向いてしまう。それを見た夕月は必死に笑いを堪《こら》えようとする。

「す、すみません。せっかく心配してくださったのに……」

「ふん、気にするな。お前が元気になってくれたのならそれでいい」

常にそばに居てくれた宰相の中将は、既《すで》に親友と言える仲だった。

まさか自分にこんな信頼できる友人ができるなんて想像もしていなかった。

これだけでもこの時代へ来た意味があったといえる。

「宰相は私に何かあったとしても、ずっと友でいてくれるんですね？」

思わずそんな言葉を告《つ》げてしまう。

「当たり前だろう、そんなこと――」

宰相の中将は何気なく答えるが、途中で言葉を止める。

何か、夕月の異変を察したようだった。

「お前、まさか何か悩みでもあるのか？　もしそうなら俺がいくらでも相談に乗るぞ？」

「そうですね。その時は相談させてもらいます」

もしかしたら、宰相の中将も自分が女だということを知った後でも今と同じように接してくれるかもしれない。

ただ、帝と違い女にだらしない宰相の中将だから、話す時機は考えないといけないだろう。

――もし自分が女だとわかって口説いてきたらどうしよう。

それを想像すると笑えてきてしまって、また中将に怒られる。夕月は、笑いながら、それでも、本当に大変な時は自分の助けになってくれそうな中将に、隠れて涙を流す。

――私を認めてくれる帝と中将がいる。そして朝露。この三人のためにも、私は私で、この時代を好きに生き抜いてみせるんだ。

空を見上げると、あの日八坂神社で見たような薄紫の光が棚引いていた。

――神様、ありがとう。

夕月は静かに頭を下げた。それに応《こた》えるかのように蛍が数回、瞬いた。

本書はハルキ文庫の書き下ろし作品です。

そ 3-1

転生《てんせい》とりかえばや物語《ものがたり》

著者 空野《そらの》 進《すすむ》

2022年5月28日第一刷発行

発行者 角川春樹

発行所 株式会社角川春樹事務所

〒102-0074 東京都千代田区九段南2-1-30イタリア文化会館

電話 03(3263)5247(編集)

03(3263)5881(営業)

印刷・製本 中央精版印刷株式会社

フォーマットデザイン bookwall

ISBN978-4-7584-4490-3

http://www.kadokawaharuki.co.jp/[営業]
fanmail@kadokawaharuki.co.jp[編集] ご意見・ご感想をお寄せください。